当世恋愛事情

和泉　桂

幻冬舎ルチル文庫

CONTENTS

✦目次✦

当世恋愛事情

✦カバーデザイン＝chiaki-k（コガモデザイン）
✦ブックデザイン＝まるか工房

イラスト・榊　空也✦

当世恋愛事情

「聞こえなかったのか。失《う》せろ、と言ったんだ」

目の前に立つ長軀《ちょうく》の男前から放たれた言葉は、ひどく尖《とが》ったものだった。

やけに長閑《のどか》な鷗《かもめ》の鳴き声が、鼓膜を擽《くすぐ》る。

御倉千晶《みくらちあき》は自分が何を言われたのか、瞬時には理解できなかった。

「真一《しんいち》さん、あなたをやくざものなどとつき合わせるわけにはいきません。——おまえも立場をわきまえろ」

おまえ、というのは千晶に向けられた言葉だ。

相手の男らしくも端整な美貌《びぼう》に見惚《みと》れている場合では、なかった。美しい低音で冷徹に命じられ、千晶はかっと頰《ほお》を火照《ほて》らせる。

「訂正してください！　僕はやくざなんかじゃない」

「では、何だと？　どうやってこの船に潜り込む金を稼いだ？　そのお綺麗《きれい》な顔を使ったとでも？」

凍《ここ》えた声で厳しく糾弾《きゅうだん》され、千晶は答えることができずに桜色の唇を嚙《か》む。

「待て、伊織《いおり》。いくら何でも言いすぎだ。彼はいい友人なんだ」

この客船で知り合った宮本《みやもと》真一が窘《たしな》める声は、伊織なる男の冷淡な一瞥《いちべつ》によって押さえ込まれた。

「あなたは面食いが過ぎて目が曇っています。黙っていていただけませんか」

晴れやかな秋空の下、魔都として知られる上海《シャンハイ》の摩天楼が霞《かす》んで見える。

千晶は薄い唇を更に噛み締め、華奢《きゃしゃ》な指をぎゅっと握り込む。そして、目前にいる無礼すぎる男との出会いの場面を思い返していた。

澄み渡る青い空とは裏腹に、上海に寄港した豪華客船の周囲の川水は泥の色に濁っている。巨大な客船の周囲を、船客や積み荷を運ぶ古ぼけてくすんだ色味の小舟が行き交う。湾に入った当初は潮風が強かったが、河を遡《さかのぼ》るにつれてそれは薄くなり、現在はジャンク船の吐き出す煙の匂《にお》いが一番濃厚だ。

忙《せわ》しなく人々が動く中、日本が誇る大型豪華客船――『日輪丸《にちりんまる》』には、最終目的地である日本に向かう新たな船客たちが次々に乗り込んでくる。大抵の紳士は地味な色味の上着を身につけ、その渋い色合いの中では人の見分けをつけることすら難しい。

シンガポールから乗船した千晶は、彼らよりは二週間ほどの先輩にすぎない。そのうえ自分は三等客だから、一番下層で貧しい客だった。

甲板には、諸国の人々がひしめいている。

「ん……？」

思わず声が出たのは、その中でもひときわ目立つ東洋人の青年がいたからだ。

すらりと背筋が伸び、長身でいかにもがっしりとした体躯《たいく》だが、遠目にもその顔立ちは逞《たくま》しさよりも繊細さが勝る。

緩く撫《な》でつけられた、艶《つや》のある黒髪。尖ったかたちのよい鼻梁《びりょう》。身につけた外套《がいとう》の黒が、彼の理知的な顔立ちを引き立たせ、逆に華やいだものに見せている。黒い革靴もきちんと磨き上げられ、泥跳ね一つない。清潔だが嫌みがなく、見る者の目を惹《ひ》きつける。

「久しぶりだな、伊織」

「こちらこそお久しぶりです、真一さん」

伊織と呼ばれた青年に話しかけているのは、この船で知り合った宮本グループの御曹司である宮本真一だった。垂れ目でいかにも人の好《よ》さそうな真一と伊織は好対照で、凜然《りんぜん》とした顔立ちが衆目を集めている。

「一ヶ月近くの船旅、退屈しませんでしたか」

さぞや女性に騒がれるであろう、男らしい佇《たたず》まいに涼やかな美貌。おまけに耳を撫《な》でる伊織の低音は麗しく、千晶の鼓膜をも微《かす》かに震わせた。

細身でしなやかな躰《からだ》つきといえば聞こえはいいが、どちらかといえば貧弱な己の体躯とはまるで違う。

「この船は設備もしっかりしているし、サービスもいい。それに何より、友達もできたんだ。

僕にとっては、生涯最高の船旅だ」

「友達？」

「そう。この船で知り合ったんだが、御倉君を紹介するよ」

彼の言葉に、ぼんやりと二人に見惚れていた千晶ははっと顔を上げる。

「こちらへ」

言われるままにつかつかと近づいた千晶に、刹那《せつな》、伊織は眩《まぶ》しげな視線を向けた。

なんて深い色味なんだろう……。

よく磨かれたレンズ越しにも鋭利さがわかるまなざしに、心の最奥まで見透かされかねないと、不安にも似た昂揚《こうよう》さえ覚えてしまう。

どうすればいい？

わけもなく狼狽《うろた》える自分の気持ちが不可解で、千晶は動揺しきっていた。

「彼は松下《まつした》伊織。僕の幼馴染《おさななじ》みで、怖いお目付役でもあるんだ」

冗談めかした口調の真一の声も、どこか遠くで聞こえてくるようで。

「伊織、彼は御倉千晶さんだ」

漸《ようや》く我に返った千晶は、相手に目礼する。

「――真一さん」

間近で聞いた声は深みがあり、ぞくりとするほどに艶《つや》やかだ。

一方、千晶を凝視していた伊織は、なぜか険しい顔つきになる。

「いつの間に、こんな男に誑《たぶら》かされるようになったんですか」

「なんだ、伊織」

「こんな男って？」

驚いたのだろう。あまりのことに、真一の声も上擦《うわず》る。

いきなりの誹謗《ひぼう》はどういうことかと尋ねるよりも先に、伊織が第二波を浴びせてくる。

「この男は、たちの悪い詐欺師です」

唐突に決めつけられて、千晶は湧《わ》き起こる怒りに躰を強張《こわば》らせた。

何を言われているのか、理解不可能だった。

「そんなわけがないだろう。何を言ってるんだ」

「どうせ、シンガポールか香港で乗り合わせたんでしょう」

「すごいな、伊織。どうしてわかった？　シンガポールから一緒になったんだ」

怒っている様子を見せつつも、それを貫き通せないのは、基本的に真一が人が好《い》いからに違いない。

「やはり。私の記憶どおりであれば、この男はシンガポールを根城にしているんですよ、

——違うか？」

最後の一言は詰問で、明らかに千晶に向けられている。伊織の威圧的な視線に射竦《いすく》められ

るようで、千晶の背筋は自然と伸びた。

「確かに僕は、シンガポールで二年間暮らしていました。でも、詐欺師などではありません」

ここで怒っては負けだと、千晶は持ち前の冷静さを発揮する。

だいたい、シンガポールに住んでいる日本人だから詐欺師という決めつけは、ほかの移民に対して失礼千万だ。

「そうだ、いかさま賭博《とばく》師だったな」

いきなり断じられて、耳まで熱くなった。

いかさまなんて絶対にしていないが、賭博を生業《なりわい》にしていたことは本当だ。

だけど、なぜこの男が千晶の来歴を知っているのか。

慌てて手繰《たぐ》り寄せても、まったく記憶になかった。こんなに印象的な人物ならば、絶対に忘れるわけがない。

「確かに賭博はしていましたが、詐欺やいかさまはしていない」

「似たようなものだろう。どちらも犯罪的な行為だ」

「友人同士の少額の賭博は目零《めこぼ》しされて、犯罪とは見なされません」

「捕まらないなら、何をしてもいいと？」

「論点をずらすのはやめていただけませんか。犯罪的と犯罪とでは、天と地ほどの隔たりがあるのでは？」

真一が仲裁に口を挟めないほどの速度の応酬で、互いに一歩も退《ひ》かない。

これだけのなめらかなやりとりも会話が弾んだ結果ならいいが、生憎《あいにく》、刺々《とげとげ》しい言葉の羅列でしかなく、日本語のわかる乗客たちは三人を遠巻きにしている。

「ああ言えばこう言う、頭の回転だけはよろしいようだ」

「そういう切り返ししかできないのは、ご自身の非を認めるということですか」

「いずれにしても、君は賭博をしていた。それは事実のはずだ」

そこを衝《つ》かれるのが一番弱く、千晶はついに言い返すことができなくなった。

「ぐうの音も出ないようだ。――おわかりになりましたね、真一さん。彼はあなたの友人には不適切です」

「いいかげんにしろ。千晶君は先ほどから、違うと言っているんだぞ」

呆《あき》れたように真一が言葉を差し挟んだが、伊織は意に介さない。

「でしたら、種明かしをしましょう」

伊織は右手の指先で、眼鏡《めがね》をくっと押し上げた。

「この男は、私の友人の大池《おおいけ》から大金を巻き上げたんです。一年前、彼と旅行している最中の話です。次の日、このままでは帰れないから旅費を貸してほしいと、あの男に泣きつかれたからよく覚えています」

「そこまで酷《ひど》いことはしていない！」

カジノでは時に日本人を相手にしたものの、千晶は法外な金額を賭《か》けたことは殆《ほとん》どない。一攫千金《いっかくせんきん》の夢はあるが負けたときが恐ろしいし、同胞に大勝ちして恨みを買い、密告されるのは嫌だった。

それに、大池なんて名前は覚えがなかった。

「では、巻き上げたという事実は認めるわけだ」

彼の薄い唇が、皮肉げな笑みを象《かたど》り、千晶は彼の術に嵌《はま》ったことに気づいた。

なるほど、人のいい御曹司の傍《かたわ》らには、知謀に長《た》けた軍師がいるというわけか。

「わかりましたか、真一さん。この男がどういう人物か」

「しかし……」

真一は狼狽《うろた》えた様子で、千晶と伊織を交互に見比べている。

千晶はこの船で真一と出会い、楽しい一週間を過ごしたが、幼馴染みの二人には己に窺《うかが》い知れない歴史があるのだろう。真一が信頼するのは、つき合いの長い伊織のほうと相場が決まっている。

「どうせ、あなたの財産のお零《こぼ》れに与《あず》かろうというんでしょう。賭博なんてするような男です。卑怯《ひきょう》ないかさまをする、やくざものでしょう。あなたの従者として、見過ごせません」

断じる伊織の声は冷たく、まるで刃《やいば》のようにすうっと千晶の心を撫でる。

それだけは、許せなかった。

「取り消してください」

「なに？」

伊織の目が、不機嫌そうに光る。

「賭博はともかくとして、僕は卑怯な手は使いません」

「それをどうやって証明するんだ？　現に大池という、あなたに大金を払った友人がいる。証人として、帝都で引き合わせてもいいが」

要するに被害者がいると言われれば、千晶もぐっと言葉に詰まった。

「それとも、そのお綺麗な顔で金を稼いだとでも？」

「伊織、いくら何でも失礼だろう」

「失敬、つい本音が出てしまいました」

だいたい、千晶が決して卑劣ないかさまはしていないというのを、どのように証明できるだろう。自分を端《はな》から疑《うたぐ》り、信じようとしない相手だというのに。

それに、自分を信頼しない相手に言い募ったところでよけい無様《ぶざま》になるだけだ。

「さあ、これで用事はおしまいです。我々の船室に案内してもらえませんか、真一さん」

「あ、ああ」

「では、ご機嫌よう」

伊織は敵意の混じった慇懃《いんぎん》無礼な口調で挨拶《あいさつ》すると、千晶を蔑《さげす》みの籠《こも》った目で見下ろし、真一の腕を摑《つか》んで去っていった。

一方、二人に取り残された千晶は、呆然《ぼうぜん》と彼らの後ろ姿を見守る。

「なんなんだ、あいつ……」

千晶の唇から、そんな怒りの言葉が零れ落ちる。おまけに最後のあれは、売春をしていたのだろうという嘲りだった。

板張りの甲板をがんと蹴《け》りつけると、足先がじんと痺《しび》れた。

己のような顔立ちでは、しばしば舐められる。誰にもつけ込まれたくないがゆえになるべく冷静に振る舞っているのに、今日はさすがに平常心でいられなかった。

あいつ——伊織とやらの最大の欠点は、独善的で人の話をまったく聞かない自己完結したところだ。

もう二度と、あんなやつと口を利きたくない。顔を合わせるのすら、御免だった。

1

港にほど近い安アパートの一室は紫煙が立ち込め、年季の入ったテーブルと椅子が雑然と並ぶ。ドアを開けた瞬間のむっとするような湿度と熱気は、この土地特有の亜熱帯の気候と人いきれのせいだろう。

羽目板はぎしぎしと軋《きし》み、古ぼけて糊《のり》の浮いた壁紙はヤニで黄ばんでいる。

シンガポールにおいて特に酷いのは湿度だ。どこにいても赤道直下名物の蒸れた空気が躰にまとわりつき、天井を申し訳程度にゆっくり回る大型のファンでは何の役にも立たない。

壊れそうな椅子《いす》に腰を下ろし、各国から集まった船員や旅行者がカード遊びに興じる。共通の言語はおもに英語、中国語、それからヒンズー語。

東南アジアでも有数の貿易港という事情ゆえに、この地は各国の人々が行き交い、このカジノも人種のるつぼと化している。

夜九時を過ぎればカジノもかき入れ時の時間帯で、室内には見知った顔がいくつもあり、御倉千晶《みくらちあき》はわけもなく安堵《あんど》を覚えた。

「よう、チアキ」

声をかけられた千晶は、「ジャック」と口許《くちもと》を綻《ほころ》ばせた。

安物の葉巻を咥《くわ》えたジャックはもともとはイギリスの貨物船の乗組員だった。それがこの地で女に嵌《はま》ってしまって仕事を辞め、今やその日暮らしで生きている。葉巻を買えたということは、昨日は儲《もう》けたのだろう。それでも一本を一時間近くかけて、ちょびちょび吸うことにしているらしい。

「今日は、またポーカーか？　ここ座れよ」

ジャックは手の中のややくたびれたカードをシャッフルし、自分の傍らの椅子を顎《あご》で示した。

だが、それを阻む者があった。

「チアキ、たまにはこっち来いよ」

後方から目敏《めざと》く千晶を見つけたポールの声に、ジャックがあからさまに舌打ちをする。

「いいだろ、こっちのがチアキに近いんだから」

「たまには俺のほうでもいいだろうが。いっつもドアのそばに陣取って、おまえがチアキを独り占めしたがってるのはお見通しだよ」

自分自身を巡って一触即発の事態になりそうだったので、千晶は「やめなよ」と険悪な二人に口を挟んだ。

「悪いけど、今日は勝負はしないんだ。明日帰るから、挨拶《あいさつ》に来ただけで」

「帰る？　どこへ」

当の千晶に窘められ、ばつが悪そうな顔つきでカードをシャッフルし始めたジャックは、不審げに問い返す。

「日本へ」

ジャックはそれを聞いた途端、「へっ」と目を丸くする。おかげで手許《てもと》が狂ったらしく、彼のカードがばさっとテーブルの下に落ちた。

「おいおい、本気かよ。我らが誇るスター・カジノの花がいなくなっちまうって!?」

ジャックが頓狂《とんきょう》な声を上げたので、カード遊びに興じていた連中が何ごとかと顔を上げる。

「花なんて、大袈裟《おおげさ》だな」

しかもスター・カジノなんて名前は単に誰からともなくそう呼ぶようになっただけで、看板もなく、実態はただの場末のカジノだ。警察さえも相手にしないような、小さなカジノだった。

「大袈裟じゃないさ。おまえほどの美人、このシンガポール中を探したってなかなか見つからないぜ。なのに、出ていくって？」

ジャックのせいで、手の空いている連中が千晶の周辺に集まり、口々に話しかけてきた。

「俺、このあいだ千晶に負けたぜ？　勝ち逃げかよ」

「もう一度ここで勝負していけよ」

十人ほどに囲まれて、千晶は苦笑とともに首を振った。屈強な船員上がりが多いため、筋肉のついた腕でばしばしと背中を叩《たた》かれると、細身の千晶は吹き飛ばされそうだ。

「悪いけど、もうチケットを買ったから晴れて一文なしだ。賭《か》けはできないよ」

千晶がわざとらしく肩を竦めると、取り囲んだ連中がどよめいた。

「だからって早すぎるよ。おまえの崇拝者たちが身投げしちまう」

「そうそう、せめてあと一週間は残って、挨拶していけって」

「崇拝者って大袈裟な」

苦笑した千晶に対して、ジャックは皆の意見を代表して陽気に声を張り上げる。

「パーシーもマークも、おまえが来たら目の色が変わるじゃないか。おまえが初めてこのカジノに来た夜なんざ、みんなびっくりしちまって一週間は浮き足立ってたぜ。エキゾチックな黒髪に黒い目、まさに東方美人がやって来たってな！」

垢《あか》じみたシャツのカラーを緩め、くたびれたネクタイを締めたジャックは、もう何日もねぐらに帰っていないらしく、身なりはぼろぼろだった。

懐かしいなあ、とジャックがしみじみとした顔になり、陽に焼けた鼻の頭を指先で擦《こす》った。

「その割には、全然手加減してもらえなかったけど」

澄まし顔でぼやく千晶の言葉に、皆はどっと沸く。

「そりゃそうだ。勝負は別だろ？」

「……そうだね」

通い慣れたこの地下カジノとも、これでお別れだ。

最初はどんな恐ろしいところかと緊張しつつ足を踏み入れたが、今ではここの常連は友人で、右も左も知らなかった千晶にいろいろ教えてくれた恩人ともなった。

「まあ、その前にチアキの前途を祝して乾杯しようぜ」

「おう！」

「今夜の皿洗いは俺がやるぜ」

店の奥からジョッキが次々と運ばれ、千晶の手許にも一つ届けられる。ビール一杯くらいなら酔わないしと、千晶もそれに口をつけた。この店のビールは大抵ぬるいが、それも今日は格別だ。

賭けをしないときは千晶はここで皿洗いとして働いていたので、明日からはほかの誰かが引き受けるのだろう。

「――でも、おまえはすごいな」

ふと、ジャックが声を落とした。その密《ひそ》やかな間は、発したばかりの言葉が空中に溶けて消えてしまうのを待っているかのようだった。

「ん？　何が？」

「こんなところにいても、志をなくさなかった。本当にここから出ていくなんてさ」

「……そんなことはないよ」

はにかんだ笑みを浮かべ、千晶は首を振る。

「すごいのは僕じゃなくて、きっと、帰りたいって思わせてくれる家族のおかげなんだ」

「そこがおまえのいいところだよ。日本人の美徳ってやつなんだろうな」

ジャックは嬉しげな笑顔を見せ、千晶の肩を叩いた。

「二年も踠《もが》いたんだろ？　もう、こんなところには戻ってくるなよ」

「こんなところじゃないよ。僕のねぐらだ」

少なくともここにいるあいだ、このカジノは千晶の生活を支えてくれた。

「でも、結局は掃き溜《だ》めだ。おまえみたいなのがいるようなところじゃない」

「……買いかぶってくれるね、随分」

照れて早口になった千晶に、ジャックは思いがけず優しいまなざしを向ける。

「本当のことさ。ここから出ていく人間はみんな、すごい強運と才能の持ち主なんだ」

「そんなことないよ。僕の勝ち方は小さいって、皆に馬鹿にされてばかりだった」

「手堅いって言えよ。それにおまえ、いつもは地道に勝ちを重ねるのに、いざとなるととんでもない大博打を打ったりするだろ。ま、ここでの賭け金なんてたかが知れてるけどさ」

それは千晶がしばしば言われることだった。

一見すると慎重なのに、いざというときは大きな勝負に出る、と。

生まれつき、ものごとの流れが変わる一瞬が千晶には膚《はだ》でわかるのだ。瞬間、全身に鳥肌が立ち、胸がざわめく。潮の流れが自分に向いていると、感じる。その刹那を逃さず勝負に出ると、かなりの確率で勝てるのだ。

「それに、日本人は幼く見えるからって、精いっぱい落ち着いて見せてたことくらい知ってるんだぜ？　本当のおまえは、負けず嫌いで熱いよな」

更に告げられた言葉に、千晶は返答に詰まった。

必要以上に若く見えるのを克服するための努力を、見透かされていたと、今更になって気づかされたからだ。

「とにかく、ジャックも国に戻れることを祈ってるよ」

「ありがとう。また女に入れあげないようにしないとな」

船員だったジャックは女で身を持ち崩して一文無しになり、以来、この半島に留《とど》まっているのだ。

恋が人生のすべてで、破局のたびにぼろぼろになる彼の生き方は、千晶には理解不可能だった。

恋なんて不確実なものに身を任せられるほど、自分に余裕はない。

横浜《よこはま》で生まれ育った千晶は高等学校の文科を首席で卒業し、進学しないで就職を決めた。

ったからだ。
高校時代に兄が、卒業寸前に父が亡くなり、とにもかくにも一家を支えなくてはいけなくな

しかし、就職して三年目。千晶の語学力を買ってシンガポールに送り出した貿易会社が、一年足らずで倒産したのは大いなる誤算だった。給料の大半を家族に送金していたため金がないうえ、千晶は現地社員扱いだったので、帰国の旅費は支給されない。気の毒に思った先輩社員がここでの仕事口を斡旋《あっせん》してくれたが、暫くしてから社長は夜逃げ同然に会社を畳んだ。そのため、今度こそ千晶は異国に一人で放り出されてしまったのだ。

日本に戻る旅費どころか、当面の生活費も覚束《おぼつか》ない。何よりも、日本に残してきた家族に仕送りする立場では金の無心などできない相談で、千晶は自力で帰国費用を稼ぐことにしたのだ。といっても、保証人すらいない千晶を雇ってくれる会社などどこにもなく、金を稼ぐ手段はもっぱら賭けポーカーとここでの皿洗いだった。

確かに感心できる手段ではないが、罪に問われない範囲でこつこつ稼いできた。

大正十一年秋。

二年ぶりに戻る日本は、どうなっているのだろう。

日本の土を踏める日が、待ち遠しくてならなかった。

ロンドンと日本を結ぶ豪華客船、日輪丸。

大塚汽船《おおつかきせん》の誇る日輪丸は約一ヶ月半かけてこの二カ所を結ぶ定期船で、船室は一等から三等までの等級に分かれている。

——まったく、客船っていうのは、どうしてこんなに馬鹿みたいに大きいんだろう？

初めてこの船をシンガポールの港で見たとき、千晶が抱いた感想はそれだった。

純白のペンキで塗られた真新しい船は、港でもひときわ目立っていた。

船内に一歩足を踏み入れると、まるで夢の世界のようだった。

埃《ほこり》一つ落ちていない、寄木の床。内装はクリーム色を基調とし、家具や壁紙は英米人好みのクラシック様式で統一されていた。ドレープの多いゆったりとしたカーテンはフランス製、ヨーロッパでも有名な内装会社に発注したというマホガニーの家具で飾られた大食堂はひときわ立派だった。こうした豪華客船での旅はヨーロッパの富裕層を中心に人気があった。

日輪丸の優美で華麗な装飾は、同じ船会社である日本郵船《にほんゆうせん》の誇る数々の客船にも劣らないと、内外でも評判を呼んでいると聞く。

実際、千晶もシンガポールに立ち寄った客たちが、日輪丸を絶賛するのを何度も耳にしていた。

いつかこの船に乗って日本に帰りたいと思っていたので、それが叶《かな》ったことが嬉しくてたまらない。

こうした豪華客船は、俗に『浮かぶ宮殿』とまで言われている。

客船はその国の経済力の象徴と見なされるため、各国の政府は奨励金を与えて造船業を保護してきた。とりわけその富を結集させた、一等船室は花形だ。

尤《もっと》も、スター・カジノを根城に賭けポーカーで日銭を稼いでいた千晶は、この巨大な船の最下層――つまり、甲板《デッキ》の下にある三等船室の客だ。無論、この船の売りの華麗なクラシック様式などというものとは、無縁だった。

聞いた話では一等の三百円という高額な運賃でさえも、そのサービスの質を考えると赤字なのだとか。もっぱら船の利益を生み出しているのは、千晶たち三等船室の客たちなのだという。なのに一番の金づるたちは、こうして船の最深部にほど近い、陽のまったく当たらないEデッキにまとめて押しやられているのだから、不公平というものだ。

しかも、一等、二等、三等の客がそれぞれ交じったりしないように船は設計され、各々の居住空間は扉でしっかりと仕切られている。いくつかの例外はあるものの、たとえば三等客が一等客の領域を侵犯することはなかった。

三等ともなると個室ではなく、むわっと臭《にお》いの立ち込める狭い室内には二段の寝台がぎゅうぎゅうと並べられていた。一つ一つに番号が振られ、固い寝台に耐えて眠る。当然のことながら私生活《プライバシー》などないし、荷物が盗まれないように気を張らねばいけないが、今は日本に帰って家族と再会できるという喜びで、千晶は多少のことは気にならなかった。

「やあ、チアキ」

千晶の真下の寝台に座り込んでいたのは、鮮やかな赤毛と緑色の目をしたイギリス人のウィルだった。千晶が上段から下りてくるのを、今か今かと待ち構えていたに違いない。

「何？」

ウィルの攻勢にいい加減飽きていた千晶は、殊更素っ気ない声で問う。彼は千晶のどこを気に入ったのか、知り合ってからというものしきりにちょっかいを出してくる。

「よかったら、食堂でお茶でも飲まないか」

「僕は結構」

「つれないなあ。だが、それもまた魅力的だ」

立ち直りの早いウィルの言葉にも、千晶は取り合わなかった。

「そう」

カジノでは東方美人《オリエンタル・ビューティ》と揶揄《やゆ》された千晶がこの船に乗ってきたときから、三等船室の一部の連中——特にウィルは浮き足立っているようだ。ことあるごとにやたらと声をかけてくるし、なまじ千晶が英語ができるものだから、一人にしてくれない。

それも当然か。

シンガポール—横浜間の所要日数は二週間だが、ロンドンからの船客の多くはその前の一ヶ月を退屈しながら過ごしてきたのだ。新しい船客の到来を期待し、何かしらの楽しみを見いだしたいのだろう。

しかし、千晶にはそれが面倒だった。

この容姿のせいで厄介《やっかい》ごとに巻き込まれたのも、一度や二度ではない。就職を望んで面接を受けたのに妾《めかけ》になれと言い寄られたり、一晩相手をすれば雇ってやるなどと言われたり、全部断ってきたものの、さんざんだった。とにかく何事もなく帰国したいのに、狭く居場所が限定された船内は逃げ場がなく、ウィルが嫌だから船室を変わるというのも不可能だった。

「話をしないか」

「悪いけど、読書をするつもりなんだ」

「読書なんていつだってできるだろう？　昼間、明るいうちは君の綺麗な顔を眺めていたい」

「綺麗なやつなんて、ほかにいくらでもいる。そちらを当たってくれ」

二人のやりとりは皆に筒抜けで、くすくす笑いが部屋のあちこちから漣《さざなみ》のように起きる。ことあるごとに千晶が強い光を湛《たた》える目で猫のように睨《にら》みつけ、拒絶を示しているのに、すっかりのぼせ上がったウィルは気づいていないのだ。

「そう、か……」

「だから、また夕食のときにでも」

「……ああ！」

千晶の言葉に、ウィルはぱっと顔を輝かせる。狭い三等食堂においては食事を全員一度に摂《と》れるわけではないので、入れ替えでの二部制になっている。自分の食事が一回目と二回目のどちらになるかは購入時のチケットで決められ、変更できない。二人とも一回目なので、そのとき相手をしたほうがましだった。

「またあとで、千晶！」

歌いだしそうなくらいに上機嫌なウィルに送られて、千晶は長旅に備えて持ち込んだ書籍を手に歩きだした。

退屈ならば食堂に行けるものの、朝昼晩と食事をしているのであの空間には飽き飽きしており、三等社交室か甲板に行くかのどちらかだ。

小さく欠伸《あくび》をした千晶はせめてデッキで本でも読もうと、英書を小脇に船室を出た。

狭い廊下で左に曲がったところで、千晶は前方からやってきた青年にぶつかってしまう。

「あっ」

「Excuse me……ん？　すみません？」

言い差した青年のなめらかな英語は、見事なキングスイングリッシュだった。綺麗な発言に聞き惚《ほ》れてしまったせいか、身を屈《かが》めるのが一瞬遅れた。

「日本語で結構です。こちらこそすみません」

先に身を屈めた青年は床から本を取り上げ、右手で埃を払う。そんな彼の目が、拾った本の題名に釘づけになっていた。

「これ……」

「何か」

問題が？　と問うよりも先に、青年が勢い込んで口を開く。

「チェスタトンじゃないですか！」

ぱっと見ただけでわかるとは、と千晶は驚きを覚えた。

「はい」

「探偵小説、お好きなんですか？」

穏やかさを取り戻した口許が綻び、相手の男らしい面差しにやわらかな笑みが浮かぶ。

薄暗い廊下でもなお、青年の顔立ちが整っているのは見て取れた。やや垂れ下がった眦《まなじり》は篤実《とくじつ》そうな気質を反映しているかのようで、高級そうな衣服といい、さぞや育ちのよい青年なのだろう。

「ええ、まあ」

「本はいい。長旅の友には最適です。特にチェスタトンを選ぶとはお目が高い」

青年の賛辞は惜しみなく、しかもこちらの容姿などまるで目もくれていないようなところが、千晶の心を擽《くすぐ》った。

「でも、これしか持っていないので、なるべくゆっくり読まなくてはいけないんです」

千晶が珍しく軽口を叩いたのは、青年の明《あ》け透《す》けな態度と一目でチェスタトンと見抜いた点に気を許したからだ。

その言葉を聞いて、青年は「そうでしたか」と目を丸くし、それからにこやかに笑った。

「もしよろしかったら、持参した本をお貸ししますよ。目的地は神戸《こうべ》ですか？　それとも終点の横浜まで行かれますか？」

「横浜です」

「じゃあ、最後まで一緒ですね。よかったら部屋に来てください」

部屋ということは、彼が三等以外の船客だと示している。

「え……いいんですか？」

願ってもない申し出に、千晶は喜ぶよりも先に呆気《あっけ》にとられた。

乗船料金だけでぎりぎりで本を買う余裕が殆《ほとん》どなかったので、一冊を少しずつ読もうと思っていたのだ。

――いや、待てよ？　彼には何か下心があるのではないか。

これまで何度も痛い目に遭いかけていただけに、男の本心を探るべく千晶は目を眇《すが》めた。

「…………」

時として、自分が同性の性的な興味を掻《か》き立ててしまうのはわかっていた。しかし、この青年は何やら勝手が違う。

ひなたぼっこしている猫を思い起こさせる、長閑さを身に纏《まと》っているのだ。

「勿論《もちろん》。犯人の名前に印をつけていたりしないので、安心してください」

青年の言葉に、千晶の唇は自然と緩む。

いいな、と思った。こんなおおらかな相手に会うのは、久しぶりだった。

これまでシンガポールで肩肘《かたひじ》を張って過ごしていたことが馬鹿馬鹿しくなるくらいに、青年の態度は暢気《のんき》で開けっぴろげで、気さくだった。

「じゃあ、お願いします」

「はい、勿論。私は宮本真一《みやもとしんいち》です」

青年が右手を差し出したので、千晶は彼の手をそっと握った。

「御倉千晶です」

「千晶さんか。——あれ、そういえば」

「何か?」

「今までこの船に乗ってましたか? あなたを見たことがない気がするんです」

真一のとぼけた言葉に、千晶は吹き出しそうになるのを堪《こら》える。こんなぼんやりした人に下心なんてないだろうと、断言できた。

「いいえ、僕はシンガポールからです」

「ああ、それで見覚えがないんですね。今から読書ですか?」

「甲板に上がろうかと」

「よかったら、夕食を一緒にしませんか？　僕は今からプールへ行くんですが、もう少しあなたと話してみたいんです」

最下層には三等船室のほかに、プールと運動室があり、一等船客たちはそこで優雅に運動を楽しむのだ。

「生憎《あいにく》、それは無理です」

「残念だな、先約が？」

真一がさも落胆した様子で表情を曇らせたので、千晶は笑って首を振った。

「いえ、僕は三等なんです。だから、一等食堂では食事はできません」

そうか、と真一があっさり頷《うなず》く。

「一等食堂ではアラカルトも注文できます。船員には話をつけておきますよ」

船の中は格差社会の縮図で、等級による差別が厳然と存在していた。それを無視すれば、乗組員や船長に迷惑をかけてしまう。

「それはあなたにご迷惑がかかると思います」

「では、食後に僕の船室にいらっしゃいませんか。飲み物や軽食くらいなら運ばせますから」

「でも、お連れの方が……」

「上海までは僕一人で、暇を持て余しているんです」

二人部屋でずっと一人旅ならば、退屈で仕方ないだろう。

「それなら、お言葉に甘えます」
二週間ほどの船旅だし、どうせなら楽しく過ごせたほうがいい。友人の一人もいて構わないし、気まずいことが起きても、一等と三等ならば滅多に会わないはずだ。

真一とはたった一度のつき合いのつもりが、それだけでは終わらなかった。最初の二、三日は小説の話題で盛り上がり、次はシンガポールの話。そして四日目ともなると家族の話題も自然と出てきた。成り行きで千晶の会社が二度も潰《つぶ》れた話をしたものの、日銭を稼ぐのに賭けポーカーと皿洗いをしていたことまでは告げていない。

言ったところで彼は自分を軽蔑しないだろうが、一瞬関《かか》わり合うだけの相手にそこまで赤裸々に白状するのも躊躇《ためら》われる。

正確に言うと、嫌われるのが怖かった。賭けごとを嫌う者が多いことくらい、千晶は百も承知だったからだ。

真一はじつに気持ちのいい人物で、船上で彼と少しでも長く友人でいたいという、千晶にしては珍しい願望が生まれていた。それゆえ、打ち明けられなかったのだ。

「そうか、妹さんが結婚するのか。おめでとう」

デッキを散歩しながら、真一が目を細める。

二日も経つと、年上の真一の言葉遣いは砕けたものになり、千晶の呼び方も「御倉さん」から「千晶君」に変化した。千晶は相手との距離感を明示するために敬語で話すのを好むが、彼からそういう気の置けない態度を示されるのは素直に嬉しかった。

「そうなんですよ」

基本的に千晶は一等への出入りは許されないし、一等食堂や一等社交室の利用ももってのほかだ。しかし、遊歩スペースやデッキを歩くことは可能だったので、真一と二人で肩を並べて歩いたり、あるいは真一の滞在する特別室を訪れたりした。

尤《もっと》も、最上層のボートデッキだけでも、この船の豪華さを十分に堪能《たんのう》できる。何しろ、デッキにはベランダ――休憩室があり、コロニアル風の建築は噴水すら備えていた。

「相手は？　君が了承するくらいなんだから、さぞや素晴らしい青年なんだろうね」

「それが、会ってのお楽しみというばかりで……」

千晶はくすりと笑って、妹の手紙の内容を思い返す。

届いた手紙はよれよれだったし、ところどころが濡《ぬ》れてインクが滲《にじ》んでいたものの、彼女の溢《あふ》れる喜びは伝わってきた。

「とにかくどうしても妹の花嫁姿を見たくて、頑張りました」

「相手に会ったこともないいんだろう？　反対はしないのか？」

怪訝《けげん》そうな真一の言葉に、千晶は笑顔とともに首を横に振った。

妹は、千晶よりもずっとしっかりしていて芯《しん》が強い。彼女の選んだ相手ならば、まず間違いがないだろう。

「しっかりした子だから、変な相手を選んだりしませんよ。あの子が幸せになれると思った相手なら、その選択は最善のはずです」

「君は本当にいい兄上なんだな。妹さんが羨《うらや》ましいよ」

真一は感心したように、うんうんと大きく頷いた。

「じつは、僕ももうすぐ結婚するんだよ」

「そうでしたか！　おめでとうございます」

真一のように紳士的で優しい人物が夫ならば、相手はさぞや幸せな花嫁になるだろう。

「お相手とは、留学前に婚約を？」

「いや、写真花嫁みたいなものだよ。亡くなった父が見初《みそ》めた女性なんだ」

「え？　写真花嫁って、禁止されましたよね？」

主として米国に移民した青年たちが花嫁を探すため、日本に自分の写真と手紙を送って花嫁を募集したのは明治四十年のことだ。しかし、多くの青年たちが修正された写真や若い頃の写真を寄越したため、現地に到着してから現実と向き合って絶望する花嫁も多かった。そのこともあって、写真花嫁は禁じられた。

その法律が決まったのは千晶が日本を出る寸前のことで、「お嫁さんを探すには日本に戻らないとね」と、妹にさんざんからかわれたものだ。

とはいえ、千晶は日々を暮らすので手いっぱいで、お嫁さんどころではなかった。もともと異性に対する欲望が薄かったため、未だに結婚という言葉は現実味がない。もしかしたらこの先運命の人に出会うのかもしれないが、今更そんなことに興味はなかった。

そもそもシンガポールで多くの人々と会い、言葉を交わしてきたものの、男も女も千晶の琴線に触れるには至らなかった。自分は恋なんてものとは、無縁の生涯を過ごすのかもしれないというぼんやりとした予感もあった。

要するに、己の容姿に惹かれて寄ってくる連中に、飽き飽きしていたのだ。

「まあ、ちょっと変則的なお見合いだよ。実際には、代わりに僕の幼馴染みが会ってくれた。僕の人となりも説明してくれたはずだ」

「それでお相手に信用してもらえるんですか？」

「勿論。彼は紳士だし、仕事もできて、何よりも男前だ」

「そんな人に会わせたら、逆にあなたの婚約者が好きになっちゃいませんか？」

幼馴染みを真一が手放しに褒めるものだから、千晶は逆に疑わしさを覚えた。

そんな素晴らしい相手ならば、婚約者を奪われてしまう心配はないのか。

「確かに、それは問題だな。でも、あいつの見立ては間違わないし、絶対にそんなことをしないよ。まさに親友なんだ」

そう言いつつも真一は快活で、親友とやらのことを微塵《みじん》も疑っていない様子だ。

よほど強い信頼の絆《きずな》で結ばれているのだろう。

「父親同士が親友で、留学するまでは同居してた。帰ったら、また一緒に暮らすつもりだ」

「相当、仲がいいんですね」

「ああ、日本の土を踏むのが待ち遠しいよ」

「ええ」

さすがに育ちがいいな、と千晶は密かに感心していた。

真一が日本でも有数の財閥である、宮本グループの御曹司だというのは、話を聞いているうちにわかった。

宮本家の先代は平民で一代で成り上がったという成金だが、真一からは成金特有のがつがつした空気をまったく感じなかった。

彼は一人息子として父親から可愛がられ、英国留学を終えて帰国の途に就いたのだという。

その直前に父が亡くなるという悲報に接していたものの、航海のあいだにだいぶ気持ちが和らいだ、と彼は微笑《ほほえ》みながら告げたものだ。

「香港まで来れば、上海、神戸……すぐに横浜だ」

ロンドン、ジブラルタル、マルセイユ。ナポリ、スエズ、コロンボ、シンガポールときて、香港、上海、神戸――最終目的地は横浜。

シンガポールから香港《ホンコン》までは六日。そこから上海までは四日。上海に着きさえすれば、日本はもうすぐだ。

真一のようなおっとりとした好青年が選ぶ人物は、いったいどんな相手なのだろう。

上海でやって来るという同行者が、婚約者なのだろうか。

そんな詮無《せんな》き空想をしつつ、千晶はデッキの散歩を続けた。

2

「聞きましたわよ。今週末には帰国なさるというのは、本当ですの?」

上海《シャンハイ》——外灘《ワイタン》に面した華懋飯店《キャセイホテル》は、この地で有数の高級ホテルとして知られている。その八階にある喫茶店で、松下伊織《まつしたいおり》は英国大使夫人に話しかけられたところだった。

「ええ、耳が早いですね」

躰が沈み込みそうなほどにやわらかいソファと、磨き上げたテーブル。家具だけでなくソーサーに置かれた銀のスプーンも高価なもので、脳裏で瞬時に値段を計算してしまうのは、商社に勤めているがゆえの習い性か。

つまり自分に欠如しているのは優雅さだと、伊織は心中で己を冷静に観察する。

「当たり前ですわ。あなたのことを狙《ねら》ってる令嬢は多いんですのよ。なのに、最後に夜会にも顔を出さずに帰国なんて……」

夫人は落ち着いているものの、その焦げ茶の目の奥には消しようのない好奇心の光が宿っている。

こういう女性が一番、あしらいが面倒だ。何かあるとすぐに夫に告げ口し、彼らを意のままに動かして復讐《ふくしゅう》しようとする。

「そうよ。東洋人を黄色い野蛮人だとばかり思っていたけれど、あなたは特別だわ。イオリ、あなただって去り難いでしょう？」

「狙う、ですか」

「それなりに。ですが、もうすぐ日本に戻れると思うと、とても嬉しいですよ」

「まあ！　この上海から出ていきたいなんておっしゃる人は、殆どいませんのに」

事実、彼ら西洋人はそうなのかもしれない。

列強に支配された租界――上海の地では、西洋人の多くが母国で考えられなかったような贅沢《ぜいたく》な暮らしができる。物価も中国人の労働力も安価で、貧しい職人の息子が仕事で上海に来た途端、一ダースのメイドを抱える身分になることも夢ではない。

「私の故郷は日本ですから」

けれども、根が真面目な伊織にしてみれば、毎日面白おかしく暮らすのは苦行だった。

現地社員を采配《さいはい》し、日本との連絡を取って忙しく働くほうがよほど充実しており、そうした末にある安息は、より貴重で甘美に思える。

上海で働くのも長くて二年という約束だったし、こちらの支店も軌道に乗ってきた。約束どおりに立て直しはできたのだから、もう帰ってもいいはずだ。

「上海の社交界が、淋《さび》しくなるわ」

テーブルに置かれた伊織の手に、レースの手袋を嵌《は》めた華奢な手が載せられる。

布越しにじわりと伝わる夫人の体温は、不愉快なものだった。

伊織はソーサーを持ち上げ、その手を無礼にならぬ程度にそっと振り払った。

「落とされるほど、高いところにいるわけではありませんから」

ちらちらと自分たちに向けられるほかの客の視線に気づいているからこそ、彼女に何の関心もないことをさりげなく知らしめる。何一つ瑕疵《かし》がないように振る舞わなくては、他者から足を引っ張られるのは明白だ。

伊織はこの混沌《こんとん》とした地の日本人社会の中でもとりわけ目立つ存在で、息を潜めて暮らすことは困難だった。

実家がどんなに貧乏華族であっても、西洋人にしてみれば貴族は貴族、それなりに血統に価値があると珍重される。共産党に追われたロシアの貴族たちが、家名目当ての欧米の成金と結婚していると聞く。伊織も結局は珍獣扱いで、乗馬、ポロ、狩猟とあちこちにつき合わされ、上流階級の姦《かしま》しい噂話《うわさばなし》の渦中《かちゅう》に放り込まれた。

「あなたほど素敵な人は二人といないわ。日本では、どのような方に仕えているの？」

「主人はオックスフォードを出て、現在帰国途中です。大層な努力家だ」

「あら、そうでしたの。随分優秀ですのね」

彼女は唇を綻ばせ、差し湯を頼むため給仕に片手を挙げた。

「でも、あなたが仕えるというのは、どういう関係なのかしら？　あなたは貴族でしょう？　ご実家のお家柄は子爵でしたかしら？」

「伯爵家です」

「でしたら、あなたのあるじは公爵あたり？」

「いえ、平民です。ですが、人の才能や魅力は家柄などでは計れません」

言い切った伊織は、懐かしい親友の顔立ちを思い出して笑みを浮かべる。

今頃、彼は上海に向かう船の中だ。どうしているだろうか。また少し、あの人に似てきただろうか。

いずれにせよ、そろそろ引き揚げどきだ。

伊織はカップを取り上げ、ぬるくなった紅茶を最後まで飲み干す。青磁のカップには、塗料の剝《は》げかけたブランド名の刻印が浮かび上がっていた。

如何《いか》に素晴らしい品物であっても、鍍金《めっき》が剝げてしまえばそれまでだ。

そんな暗喩《あんゆ》のように思えて、妙におかしくなる。

「それでは、私はこれで」

立ち上がった伊織は辞去を告げ、出口へと向かう。扉から出ようとしたところで、「松下さん」と日本語で呼び止められた。

「永家《ながいえ》君」

永家俊久《としひさ》は侯爵家の次男坊で、大学を卒業した後は気ままに暮らす風来坊として知られる。その華やかな顔立ちと軽妙な性格ゆえに、彼は社交界で人気があった。

「相変わらず狙われてますね、ご婦人方に」

「そうかな」

面倒な会話に足を踏み入れるのが嫌で、伊織は適当に答える。

「またまたわかってるくせに」

どことなく軽薄なところのある永家は、人懐っこく笑った。

「どうせ真一《しんいち》はいないんだし、もうちょっと面白おかしくやってもいいじゃないですか。いつも、悪い見本にはなれないなんて言って、堅苦しく振る舞ってるんだし」

いかにもお気楽な永家らしい言葉に、伊織は心中で苦笑した。

年下であっても、永家は真一とは旧知の仲なので、伊織のあるじを平然と呼び捨てにする。

「私の行状がどのように真一さんの耳に届くかわからない以上は、迂闊《うかつ》な真似はできません。遊びなんてもってのほかです」

「真面目だなあ。そんなに真一が好きなんだ？」

ふーっとわざとらしく息を吐きながら言われて、伊織は洒落《しゃれ》者として知られる永家に温度の低い視線を送る。

「そうなりますね」

「もしかしてそれって、恋愛感情とか？」

「いくらあなたでも、言っていいことと悪いことがありますよ」

笑み一つ浮かべず酷薄に言ってのけた伊織に、永家は「怖いなあ」と小さく呟《つぶや》いた。

「冗談だって。あなたくらい女にもてるなら、男に走ったりしないだろうし」

「それもありますし、真一さんにも選ぶ権利がある」

「そりゃそうだ」

何がおかしいのか、永家は声を立てて笑った。

「けど、そのつれなさじゃ、あなたに恋い焦がれてる青い目の令嬢たちが気の毒だ。俺が代わりに慰めてやりたいくらいだ」

「恋い焦がれる、ね。それが本当に恋なら、お気の毒だと思いますが」

「ああ、勿論恋だとも！　俺が全身全霊で慰めるよ」

「結構、お任せします」

芝居がかった永家に対して、伊織はわずかばかりの笑みを口許に浮かべた。それから、「では」と会釈をしてホテルのエントランスへ向かう。

恋、だって？　馬鹿馬鹿しい。

恋愛なんていう軽佻《けいちょう》浮薄なものに惑わされるほど、自分は暇な人間ではない。

そもそも恋愛なんて、人生においては一瞬で終わる花火のようなものだ。

色恋沙汰《ざた》にうつつを抜かす者がいるのも理解は可能だが、恋愛よりもずっと大切なものが伊織には存在していた。

◇ ◇ ◇

——ねえ、伊織。頼みがあるんだよ。

東屋《あずまや》に置かれた籐《とう》椅子に腰を下ろし、無造作に脚を組んだあるじは、帰宅したばかりで制服のままの伊織を見て笑顔を作った。

「何でしょう、旦那《だんな》様」

高校は全寮制なので、主人の宮本英明《みやもとひであき》とその子息の真一とは離れて暮らしている。しかし、こうして週末ごとに外出許可を取って帰宅していた。

「旦那様かあ……それは嫌だな、僕と君の仲だ。何度も言うけど、僕は君を雇ったつもりはない。君が望めば養子にしたいくらいなんだ」

英明は脚を解《ほど》いて身を屈め、自分の右膝《みぎひざ》を抱える。イギリス製のズボンが皺《しわ》になることも、ぴかぴかに磨かれた靴の靴墨《くつずみ》がつくことも考えない、奔放な仕種《しぐさ》だ。

どこか少年じみた自由な体勢は、彼らしくて妙に魅力的だった。

竣工《しゅんこう》中の洋館を見るために英明は真っ先に東屋を建造させて、折に触れそこに通って職人たちの働きぶりを眺めていた。無論、彼は財閥の長なので本来ならそんな余裕はないが、家族が暮らすための空間を作るところを見学することが唯一の息抜きだとか。

「では、宮本様」

「それも嫌だなあ」

利き手で髪を掻き上げた英明は困ったように笑い、今度は右膝から手を放して姿勢を正し、膝に肘を突いてぐっと身を乗り出してきた。

「いい呼び方、ほかにないかな?」

彼が動くと、六月の風に乗って微かに外国の香料の匂いがした。新奇なものを好む洒落者の英明は、そういうものを嫌みにならない程度につけるのが好きだったからだ。

「ご主人様」

仕方なく言葉を探した伊織がそう言うと、一瞬、英明は顔をしかめた。

「うーん、ならもういいや、旦那様で」

諦《あきら》めた口ぶりは拗《す》ねているようでもあり、伊織は少しおかしくなる。

「はい!」

紅茶茶碗《ティーカップ》を取った英明はそれを一口味わうと、傍らの卓に戻す。それから、愛《いと》おしげなまなざしで建造途中の洋館に視線を向けた。

外観はもうだいぶできており、あとは室内の作業になる。外側の大きな変化はなくとも、室内の進捗《しんちょく》を東屋から想像するのが楽しいのだと、英明はおっとりと笑った。

「頼みというのは何でしょう？」

「そうだった。じつは、進学してほしいんだ」

「進学？」

このところ自分の頭を悩ませていた問題に、あっさりと結論を出されてしまう。驚愕《きょうがく》から、伊織は顔を跳ね上げた。

「私は就職を希望しています」

「それは認められない」

「でも！」

珍しく声を上擦らせた伊織の態度など、英明はまるで気にしていない様子だった。

成金と後ろ指を指されることも多いのに、英明は不思議と子供のように無邪気で、どんな嫌なことも柳に風と受け流してしまう鷹揚《おうよう》さがあるのだ。

「折角図抜けて優秀なんだ。高校に行かないのは勿体《もったい》ないよ」

「無理です」

五年前に父母を相次いで亡くした伊織はほかに身寄りもなく、父の親友だった英明に引き取られた。

もともと伊織の父の行正《ゆきただ》は、英明と共同して会社を興し、その片腕として働いていた。しかし、彼は躰を壊して英明の前から去り、息子の伊織ら家族と身を隠した。

それからは、伊織は貧しい、爪《つめ》に火をともすような暮らしを送った。

明日食べるものにもこと欠き、父の粥《かゆ》を得るために必死で働いた。

惨めだった。金がないことがこんなに辛《つら》いのだと、伊織は身を以《もっ》て知った。

華族という肩書きは何の役にも立たず、骨と皮のようになった父が亡くなった翌日。やっと探し当てた陋屋《ろうおく》を訪れた英明は、冷たくなった父の亡骸《なきがら》を抱いて、子供のように泣きじゃくった。

父は旧友の負担になりたくないと己の病状や居所を黙っていたのだが、それがどれほど残酷なことだったか、彼の悲嘆を目にした伊織にはしみじみとわかった。

彼に引き取られて同居させてもらえたことに異論は挟まなかったものの、かといって今以上の厚遇はさすがに過分だ。

「私はすぐにでも働きたいんです。もう十分、ご恩を受けました」

「ご恩なんて他人行儀に言わないでくれ、伊織」

無論、こうして英明が文句をつけるのは織り込み済みだが、彼の優しさに甘えたくないのだ。

「私のこれからの人生は、真一さんに捧げます。真一さんのために生きていきたいんです」

「だったら尚更《なおさら》、学歴は大切だ。学歴だけじゃない。そこでできる人との繋《つな》がりは、きっと君の人生を豊かなものにしてくれる」

英明は大きく伸びをしてから、再度籐椅子にもたれかかって笑みを深める。

「真一はあのとおり、気が優しすぎて心配なんだ。君なら、きっといい兄貴分になれるよ」

「兄なんて……おこがましいです」

自分はただ、こうして己を拾い上げ、愛情を注いでくれる英明たちに恩を返したいだけだ。

「私は最初から、君を、実の息子同然に思っているんだ」

「え」

意外な言葉に、伊織は目を丸くする。

「何しろ、あの行正の息子だ。君は年々、行正に似てくる。だから、そばにいてくれるのが本当に嬉しい。君の将来をずっと見守りたい」

英明が自分の中に、父の面影を見いだそうとしているのは知っていた。

彼が求めるのはきっと青春の証《あかし》、そこに残された片鱗《へんりん》のようなもので、自分はそのための触媒《しょくばい》にすぎない。

「君は宝物なんだ……行正と、私の」

「勿体《もったい》ないお言葉です」

「やだな、そうかしこまらなくていい。君がここにいて真一を支えてくれることを、私は誇りに思っているからね」

優しく穏やかな英明のために、伊織は真一に生涯仕え、彼を守ることを誓ったのだ。

名目はどうあれ、心情としては彼の従者であろうと。

絶対に道を誤らせたりしない。

自分に何があろうとも、真一だけは必ず幸せにしてみせる、と。

3

黄浦江《ホワンプージアン》は上海《シャンハイ》と外洋を繋ぐ大きな河だが、川底が浅いので大型船は入れない。そのため、乗客や荷物を運ぶのは、もっぱら帆を広げたジャンク船の仕事となる。

「荷物下ろせ！」

「そう、こっちだ！」

気の荒い人夫たちのにぎやかな日本語と中国語が耳に届く。

千晶《ちあき》は白いペンキで塗られた手摺《てす》りに頰杖《ほおづえ》を突き、噂に名高い東洋の魔都をぼんやりと眺めていた。

「まだかな。そろそろなんだが」

今朝から真一《しんいち》はやけに落ち着きがなく、約束相手を待ち侘《わ》びているようだ。どうしても相手を千晶に紹介したいと言って聞かず、それがまた可愛く思えた。

「そう焦らなくてもいいじゃないですか。乗船時間はまだまだありますよ」

からかうような千晶の口ぶりに、先般から子供のようにそわそわしていた真一は「そうなんだけど……」と言葉を濁す。とても年上とは思えないその様子に、千晶は微笑ましさすら感じた。

「もしかして、いつも遅刻する相手なんですか？」

「まさか。約束の五分前には必ず着いているはずだ。だからよけい気がかりなんだ」

「……たぶん、混《こ》んでるんだと思います。ほら、ジャンク船が渋滞してる」

次々に乗客たちが船に乗り込んできて、赤、白、黄色、青——ジャンク船の見送り客が掴む色とりどりのテープが、甲板に向かって伸びている。

「ん」

横付けされたジャンク船の上に、ひときわ背の高い東洋人がいる。

目立つな、と千晶の視線は自然とその人物に吸い寄せられていた。

遠目から見ても姿勢がよく、居住まいの美しさが際立っている。何か武道でもしていたのだろうか。所作も機敏で無駄がなさそうだ。

ややあって舷梯《げんてい》から甲板に乗り込んできたその人物を、千晶はもう少し近くで見ることができた。眼鏡をかけたその横顔は理知的で、いかにもインテリ然とした雰囲気を漂わせている。それでいてどことなく男らしさも加わっており、まさに完璧だ。

世の中って、ずいぶん不公平だ。

そんなことを思いつつ、ついつい相手に見入りかけて千晶ははっと我に返った。

そういえば、真一の連れは間に合ったのだろうか。

千晶が振り返ると、彼は前方からやって来る船客に駆け寄るところだった。

「伊織《いおり》！」

走りながら真一が手を振ると、人々に取り巻かれていた青年が顔を上げる。

先ほどの人物だった。知り合いだろうか。

「真一さん」

峻厳《しゅんげん》だった男の顔が、真一を認めた瞬間にふわりと和んだ。

ぼんやりとその光景を見守っていた千晶は、眉《まゆ》を顰《ひそ》める。

「久しぶりだな、伊織」

上海から乗船するのは真一の婚約者とばかり思っていたが、それは千晶の勝手な思い込みだったようだ。

それでも同じ特別室を分け合うくらいなのだから、相当親しい仲に違いない。

おそらく、彼が代わりに見合いをしたという親友だろう。

「こちらこそお久しぶりです、真一さん」

当の伊織とやらの低くなめらかな声が、鼓膜を擽《くすぐ》る。硬質だがどこか甘さを残した声で、さぞや女性に人気があるだろう。

何だろう。さっきから、彼をひどく意識してしまっている。

真一だって男らしいし整った顔貌なのに、初対面のときに自分はこんな反応はしなかった。どうしてなのかと、千晶は首を傾げる。

「おまえのほうこそ、変わらないな」

「もうすぐ三十路《みそじ》ですよ」

「男として脂が乗る時期だ」

楽しげに会話を繰り広げる二人を、乗客たちが眩《まぶ》しげに見やる。中には扇子で口許を隠しつつ、ひそひそと耳打ちをし合う女性客もいた。

真一が今を時めく宮本グループの御曹司というのは、船中に知られている。美形の連れの出現は、あと十日あまりの船旅の最後の話題としては格好のもので、これでまた船内が姦《かしま》しくなりそうだ。

「一ヶ月近くの船旅、退屈しませんでしたか」

「この船は設備もしっかりしているし、サービスもいい。それに何より、友達もできたからね」

「友達？」

「そう。この船で知り合ったんだが、御倉《みくら》君を紹介するよ」

彼の言葉に、ぼんやりと甲板に佇んでいた千晶ははっと顔を上げた。

「こちらへ」

「御倉君、彼は松下《まつした》伊織。僕の幼馴染みで、怖いお目付役でもあるんだ。伊織、彼は御倉千晶さんだ」

やわらかな笑みを浮かべていた伊織の表情が、俄《にわか》に強張《こわば》る。

「――真一さん」

硬い声音で紡がれた台詞《せりふ》は、あまりにも険悪なものだった。

「いつの間に、こんな男に誑かされるようになったんですか」

「こんな男って？」

信じられない言葉を聞いたせいで、真一の反応が一瞬遅れる。

「この男は、たちの悪い詐欺師です」

男の言い分に、千晶は目を瞠《みは》った。


……綺麗だ、と思った。

見惚れてしまったと認めねばならないほどに、美しいと。

まるで一幅の絵。あるいは映画の中のできごとか。

甲板で、伊織は時間が止まったのではないかとさえ錯覚したものだ。

初めて彼《か》を見たのは、シンガポール――彼の有名なラッフルズホテルのロビーだった。

身なりは質素だったが、輝かんばかりの美貌はひときわ目を引いた。

もう一生会うこともないと考えていた美しくもふしだらな人物と、こうして再会する羽目になるとは。

「やりすぎだ」

「……え？」

苦々しい気分で先ほどの事態を繰り返し心中で反芻《はんすう》する伊織を現実に引き戻したのは、真一の声だった。

「珍しいな。おまえがぼんやりするなんて」

不覚を取ったのは、あの青年――千晶のことを考えていたからだ。それを見抜かれるのは嫌で、伊織はしれっと誤魔化そうとした。

「失礼、この肉が少し固かったものですから」

「ミディアムで頼んだのに、火を通しすぎてるのか？　この船のシェフは腕がいいんだが、珍しいな」

「……気のせいでした。やわらかくて美味です」

「それはよかった」

仔牛の肉をナイフで切り分け、伊織は料理長に罪を着せたのは悪かったと反省する。

香草をまぶして焼き上げた料理は温度も適切だったし、何より食材が素晴らしい。おそらく香港あたりでいい食肉を調達し、熟成させていたに違いない。

もっと下等な船では甲板で動物を飼っているという話を聞いたことはあるが、日輪丸のような船ではそうもいくまい。

「とにかく、あれはいくら何でも酷すぎると言ったんだ」

ヴァイオリンとピアノの二重奏を無視してカトラリーを操る真一の言葉に、伊織は微かに眉を顰める。

「あれ、とは何のことですか？」

評判どおりに船内は洗練されており、居心地は極めてよい。磨き抜かれた銀器に、毎日メニューが変わる食事も素晴らしいものだった。

それぞれのテーブルに給仕をする船員たちも物腰が上品で、身なりも清潔そのもの。足音をなるべく立てずに歩くことを躾《しつ》けられているのか、彼らの教育は十分に行き届き、伊織はそのことに満足を覚えていた。

それゆえに、真一の不服そうな態度すらも気にはならない——といえば嘘になるのだが、できる限り気にしないよう努めていた。

「おまえは僕の従者じゃなくて、友人だ。だから、友人としておまえの態度の悪さには苦言を呈したい」

「私の？」

心外だ。

思わずカトラリーを皿に当ててしまい、伊織は再度「失礼」と告げる。それから、紋章入りの皿の上にナイフとフォークを置き、正面から年下のあるじの顔を見つめた。

「先ほどあなたに近づこうとしたご令嬢のお誘いを、お断りした件ですか」

「それもある」

御曹司という立場は厄介で、真一は彼の財産を狙った有象無象に常に取り巻かれている。それらの誘惑から真一を守ることこそが、自身の使命だと伊織は信じてきた。

一度は宮本商事に就職した真一が、より経営について学ぼうとイギリスに留学しているあいだは、心配も大きかったがそれなりに放任できた。イギリスにいれば、財産目当ての輩《やから》にたかられることはないだろうと思っていたからだ。事実、こちらの仕送りの額にも真一は文句一つ言わなかった。時折サザビーズで稀覯本《きこう》が出るとわかったときのみ、ロンドン支店を通して金の無心の電報が届いたくらいだ。

おまけに、先月には急に英明《ひであき》が亡くなったのだ。伊織も、代理見合いのときに一時帰国して会ったのが最後だ。

いずれにせよ、日本に戻ってからの誘惑をすべて断ち切ることが自分に与えられた使命だ。

「あの令嬢は、婚約破棄を三度も繰り返したんですよ。しかも、すべて男性側から断られています。行状に問題があると判明したからだそうです」

「そ、そうなのか？」

社交界の名だたる令嬢たちの名前と顔、そして簡単な経歴くらいは伊織の頭に入っている。おまけに豪華客船となれば客のリストが存在する。一等と二等の女性客の名前を調べ、日本に照会するのは造作もない。偽名を使われれば無駄だが、そんな輩であれば容赦なく要注意人物扱いできる。

「ええ」

「だが、僕が言いたいのはそれじゃない」

どこか苛立《いらだ》ちを込めた声で、真一が告げる。

「でしたら、午後にあなたを運動室に誘った女性ですか？　彼女はあれであなたより二十は年上ですよ」

「本当か⁉」

「はい。どうせ引き寄せるならもっとあなたに相応《ふさわ》しい方にしていただけませんか」

一番たちが悪いのは、あの千晶という美しい青年だ。

男ならば問題ないだろうとは、千晶に限っては到底思い難い。

彼のほっそりとした面差しを、伊織は鮮明に脳裏に描く。

細面に配置された目や鼻、唇といったものの均衡が絶妙で、女性めいたところは欠片《かけら》もないのに美しいと思えた。

特に、意志の強そうな光を湛えた目が魅力的だ。

毛並みのいい猫を連想させる青年は、躰つきもしなやかだった。

あの美貌は、一度見てしまえばなかなか忘れることができないものだ。だからこそ伊織も、かつてラッフルズホテルのロビーですれ違った彼のことを鮮烈に記憶していた。

あのような容姿を持ちながら、賭博で冷酷に大金を騙《だま》し取るとは、まさに、たちの悪い牝《め》狐《ぎつね》だ。

彼は女性ではないが、その形容がしっくりくる。

「僕は精いっぱい、まともな人選をしているつもりだ」

「まとも、ですか？　では、高校時代の花岡《はなおか》さんは？」

「う……」

そもそもまともな友人が、たとえ親のためとはいえ、高校生の真一に借金を申し込むだろうか。

「正直、その人選が上手《うま》くいっているとは思えませんね。あなたには警戒心がない」

決めつけられた真一は困ったように眉をハの字にしたが、すぐに首を振った。

「妙に機嫌が悪いな、伊織。仕事が……取り引きが上手くいかなかったのか」

今度はそういう逆襲か。

伊織は年下の幼馴染みの言うことを受け流し、シャンパンのお代わりを給仕に注《つ》がせる。

「そんなことはありません」

グラスを片手に、伊織は澄ました顔で答えた。

「いや、怪しいな。あのコルシ・バルディ商事の豪腕女性にいいようにやられたんじゃないのか」

会ったことはないけどね、とつけ足す真一の言葉に、伊織は思わず黙り込んだ。

上海に渡ったのは商用だったが、取引先の一つであるコルシ・バルディ商事との商談は一年経《た》ってもろくに進展せず、物別れに終わったのだ。

「それは、また後日報告しますよ。とにかく、あの御倉という男はいかがわしい詐欺師です。きっと、あなたの財産目当てでこの船に乗り込んだに違いない」

「どうやって？　僕はこのとおりロンドンから乗ってきたし、それを探り当ててわざわざこの船に乗り込むなんて、不可能だろう」

「そんなもの、船内の共犯者がロンドンから電報を送ればすぐにわかりますよ。乗船者名簿があるし、あなたは兎角《とかく》有名人ですからね。そもそもシンガポールから日本に帰りたいのなら、日本郵船の船もあります。わざわざこの日輪丸にすることはない」

「考えすぎだよ。この船に知り合いはいないから退屈だって言ってたし」

「詐欺師が本当のことを言うと思いますか？」

一笑に付そうとする真一の鷹揚《おうよう》さは、伊織にとっては頭痛の種だった。

「とにかく、女性たちはいいから、御倉君にだけは謝ってくれ」

「どうして」

真一は伊織の言葉を、まったく聞いていなかったのか。

むっとした伊織は微かに眉根を寄せることで、不快感を示す。つき合いの長い真一はその表情の意味を知っているのに、頑として態度を変えなかった。

「どうしてって、わかるだろう？　僕と彼はいい友達なんだ」

「それとこれは話が別です」

「一緒だよ。彼とは話も合うし、おかげで退屈しない楽しい船旅になった。そんな友人はとても貴重だ」

「真一さん、あなたは私の話を聞いていなかったんですか？」

さすがの伊織も、深々とため息をついた。

「少しなら」

「まさか、あの男に手を出したのではありませんか？」

「そんなわけがないだろう」

今回に限り、真一はなぜこんなに強情なのだろう。最早《もはや》千晶に誑《たぶら》かされ、籠絡《ろうらく》されてしまったのか？

「先ほども言ったでしょう、私の大学で同窓だった大池《おおいけ》が、彼に大金を巻き上げられたんですよ」

「でも、千晶君は贅沢《ぜいたく》もしないで、つましい生活をしている」

「どうやって証明するんです？」

　確かにすり切れかけた背広に洗い晒《ざら》したワイシャツなど身につけていたものの、そんな衣装は古着屋で金を出せば簡単に買える。

「持ち込んだ本だって一冊きりで、今回だって三等だし……」

「あなたやご婦人方の同情でも引くつもりじゃないですか？」

　伊織はばっさりと切って捨てた。

　真一が読書好きというのは一部では知られているし、そのあたりの趣味も完璧に調査しているに違いない。そう思えば、千晶はなかなかの策士といえる。

「同情を買うために三等船室に？　マルセイユで乗り合わせたフランス人に見せてもらったけど、あの船室は一週間いるのだってかなり大変な環境だよ」

「シンガポールからならばたかだか二週間、それで大きな実入りが期待できるのであれば、詐欺師は我慢しますよ。彼らはそういう人種なんです」

「おまえはよくよく疑《うたぐ》り深いな」

「あなたと足して二で割ればちょうどいいでしょう」

　平然と言い切る伊織に、「やれやれ」と言いたげに真一は顔をしかめる。

「これから先、僕の右腕がおまえだっていうのが胃が痛いよ。誰に対しても点が辛《から》い」

冗談めかした口調で、それが真一の本心でないことを伊織は知っている。

「そんなことをおっしゃらないでください。私だって点が甘くなることはありますよ」

「たとえば？」

「あなたの婚約者のことです」

その単語を耳にした途端、真一の表情が明るくなった。

「そうだった、よく聞かせてくれ」

「お父上が選んだだけあって、絵里《えり》さんはとても聡明《そうめい》で美しい女性ですよ。堂々として、家が貧しいことなどまったく気にしていませんでした」

「そうなのか」

宮本《みやもと》家の当主である英明《ひであき》が選んだのは、素晴らしい女性だった。二十歳《はたち》になったばかりの彼女は、女学校を卒業して英明の取引先に入社した。英明は取り引きで彼女の人柄に触れるうちに、是非、イギリスに留学している息子の嫁にしたいと思うようになったのだとか。

そこで代わりに人柄を見極めてほしいと抜擢《ばってき》されたのが、真一の幼馴染みである伊織だった。伊織は人を見る目があるという点では、英明にも真一にも信頼されている。

そのあたりが、幼い頃から培った信頼関係の所以《ゆえん》だろう。

絵里にならば、真一を渡すことも惜しくはない。

彼女が自分の女主人になることは、伊織にとって喜ばしいことだった。

それに、英明の急逝に真一が必要以上に落ち込んでいない様子なのも、ほっとした。船旅の最中で、彼なりに整理がついたのだろう。

「それにしても……」

「何ですか？」

「千晶君の件は、つくづく不思議だな。おまえがああして熱くなるのを見るのは初めてだ」

「冗談でしょう、私が熱くなるわけがない。単にあの口の減らない男に、それに相応《ふさわ》しく相手をしてやっただけです」

「……ふうん」

どこか釈然としない様子で真一が頷いたので、伊織は口を閉ざす。

美しいだけでなく頭の回転が速いらしく、伊織に対してまったく物怖《ものお》じすることなく言葉を投げつけてきた。あの利発さ、聡明さは場数を踏んだ詐欺師のものだ。

以後、あの男の動向に注意しなくてはいけない。

「さっきから、どうしたんだ？　やっぱり今日のおまえは妙だぞ」

「それは……再会するなり、私を困らせるからです」

答えあぐねた伊織が咄嗟《とっさ》に心にもない言葉を口にすると、真一はむっとした様子で眉を上げる。

「僕のせいにする気か？」

「ええ、原因はそれしか思い当たりませんから」

平然と答えた伊織は、今なお自分の脳裏に巣食う諸悪の根源を追いやろうと微かに首を振る。そしてワインのお代わりを頼むために、給仕に軽く手を挙げた。


干涸《ひから》びかけたパンを、千晶は力任せにぶちっと引き千切る。

——何なんだ、あの男は！

思い出すだけでも怒りが込み上げ、パンを握り締めた指が真っ白になる。

三等客の食事はいつも似たような煮込み料理とパンで、いい加減に飽きていた。しかし、怒りで腹が減っているせいだろう、食欲はいつも以上に旺盛《おうせい》だ。

「千晶、どうかした？」

「話しかけないでくれないか」

ウィルに素っ気ない対応をすると、「ごめん」と言った彼が目に見えて肩を落としてしゅんとしたので、千晶はため息をついた。

八つ当たりをするなんて、だめだ。

常に冷静にものごとに対処するのが千晶の信条だというのに、これでは台無しだ。

「……悪かった。少し嫌な目に遭ったものだから」

言った千晶は、とりあえず腹立ちを誤魔化《ごまか》そうとワインをぐっと口に運んだ。もともと酒には強いほうではないが、ワイン一杯ならば酔ったりしない。

三等食堂では、皆が一斉に大して美味《おい》しくもない食事を掻き込んでいる。ほかの船ならば三等食堂では和食が出るので、一等の乗客が三等の乗客に交渉し、交換させてもらうこともあるのだというが、日輪丸は洋食しか出なかった。

「それ、上海から乗船してきた男のせいだろ？」

彼がわかったような口ぶりで言うものだから、千晶は微かに表情を強張らせた。

「知っているのか」

そんなつもりはないのに、咎《とが》めるような口調になってしまう。

自分は珍しく、余裕がないようだ——あんな男のせいで。

「そりゃあね。あいつのおかげで女性陣は、みんな上の空だよ。日本でも有名な大金持ちの執事なんだって？」

執事かどうかは不明だったが、そこまで正確に説明する必要もないだろうと、千晶は曖昧《あいまい》に頷いた。

「主人は貴族なのかい？」

「成金だ」

成金という言葉に嘲《あざけ》りを込めてしまい、千晶は自分の性格の悪さにますます滅入った。

「ま、金持ちには違いないさ。そう悄気《しょげ》るなよ、チアキ」

何が嬉しいのか、ウィルは上機嫌だった。

「いいじゃないか、一等の連中は一等の中で仲良くしてれば」

「そうだね」

千晶は珍しく吐き捨てるように言ったが、気持ちはまるで治まらなかった。食事をするのもままならないほどの怒りがあるなんて、思ってもみなかった。

そもそも千晶は、感情の起伏を表面に出さないように努めている。

だからこそ、己の感情を押し殺すポーカーのような心理戦には向いている。

——なのに。

あの男には、一瞬にして感情をざらりと逆撫《さかな》でされた。

伊織は真一の忠実なる従僕のつもりかもしれないが、肝心のあるじの評判を落としていてはまるで意味がない。

悪いのは真一じゃない。欠点を挙げるとすれば、あの伊織とやらをそばに置く彼の見る目のなさだ。そして詰まるところは、あの男——伊織の性格の悪さだった。

無論、たかだか十日ほどのつき合いの自分を信用しろというのは、無理かもしれない。しかし、悪党かどうかは、真一だって十日のつき合いの中でわかるはずだ。

それとも、自分はいつの間にか、誰からも信用されない人間に成り果ててしまったのだろうか。真一と取り結んでいた親交も、やはりうわべだけのものだったのか。

怒りと落胆の双方に責め苛《さいな》まれ、千晶はため息をついた。

苛々しつつも、千晶は自分の借りていた本だけは返してしまおうと思い立つ。

食事を終えて船室へ戻り、荷物の中からチェスタトンの小説を取り出す。とりあえずキャビンボーイに託すのが手っとり早いだろう。

階段を上がって甲板へ向かう千晶は、ちょうど一等船室の廊下からやってくる伊織に気がついた。

伊織も顔を上げ、鋭い視線で不機嫌に千晶を睨《ね》めつける。

「真一さんに、何か用なのか」

「デッキに上がっただけです。どうして、真一さんと短絡的に結びつけるんですか?」

「失礼、チェスタトンを持っていたので」

彼の癖なのか、くっと中指で眼鏡を上げるその仕種はさまになっていた。

「で、どうなんだ?」

腕組みをした伊織の厳しい態度に辟易《へきえき》し、千晶はそれを彼の手に押しつけた。

「正解ですよ、これ、真一さんに返してください。読み終わりましたから」

「読み終わった? もう?」

分厚い本を受け取った伊織は、不審げな顔つきでそれを指先で捲《めく》る。

「一刻も早く返したくて、急いで読んだんです。いけませんか」

伊織はぱらぱらと頁《ページ》を繰り、それをぱしんと音を立てて閉じた。

「本当に？」

訝《いぶか》しげなその態度は、おまえに英語の書籍など読めるはずがない——言外にそう示しているのだと思い当たった千晶はかちんとした。

なぜ、何もかも悪意に解釈するのか。

「どうして疑うんですか？　貧乏人は学がなくて、英語も読めないって思ってるんですか？　僕にだって、最低限の教養はあります」

それまでの苛立ちが溜まっていたこともあり、千晶は挑発的な口調で相手に問うた。

「いや、そういうわけじゃない」

「じゃあ、どういうことですか？」

「すまなかった」

伊織が出し抜けにそう言ったので、喧嘩腰《けんかごし》だった千晶は驚いて目を瞠った。

「え？」

「今のは私に非がある。確かに人の聡明さと貧しさはまったく関係がない」

小馬鹿にしたところなどまったくない、真摯《しんし》な謝罪だった。

「どうした?」

「……いえ」

そうも素直に謝られると拍子抜けしてしまう。それに、伊織は本当に今の発言を反省している様子だったので、千晶としても矛を収めるほかなかった。

「謝ってくれるならいいです」

千晶が弱い声音で言うと、伊織は「それはよかった」と微かに笑った。

——あ。

どうしよう。

伊織が自分に向かって笑いかけたのは、初めてだ。

こんな顔、するんだ……。

つい千晶が見惚れてしまったため、己の過ちに気づいたのだろう。彼は自分が微笑した事実を恥じるかのように、急いで口許を引き締めた。

「では、これはあの人に渡しておく」

「ありがとうございます」

いったい何が起きたのか、理解するのは不可能だった。しかし、これ以上伊織について考えるのも癪《しゃく》なので、千晶は深追いしないことに決めた。

いよいよ翌日には神戸《こうべ》に到着するという夜、一等社交室ではダンスパーティが開かれていた。長い航海が終わるため、船客どころか船員まで浮き足立っているようだ。

「千晶、パーティを見にいかないか」

勢い込んで告げるウィルに、千晶は「どうせ僕たちには関係ないよ」と冷めた視線を向ける。

「見るだけでいいからさ」

「見られないよ」

「プロムナードから、社交室の中を覗《のぞ》けるよ。今夜だけは他の等級にもプロムナードを開放するらしい」

プロムナードとは、船客が遊歩する空間で、船室の周囲を取り巻いている。社交室はプロムナードに面しているので、窓から中が見えるのだ。

「……そうだね」

あまり気乗りしなかったものの、最後の晩くらい罰《ばち》は当たらないだろうと千晶は頷いた。

ウィルの言うとおりに今夜は無礼講なのか、プロムナードは開放されていた。一階の社交室からは華やかな音楽が漏れ聞こえ、千晶はそっと窓の中を覗き込んだ。

さすがに一等社交室だけあり、硝子《ガラス》窓はぴかぴかに磨かれている。

三等社交室では決して見られない、立派なシャンデリア。どっしりとしたさも高価そうなソファは壁際に寄せられ、正装した船員たちが盆に載せた飲み物を配っている。女性たちのきらびやかなドレスは、目を奪われんばかりの華やかさだ。

パリで流行だという躰の線を強調したドレスを身につけた女性たちは、それぞれに正装した男性に手を取られてワルツを踊る。

「お、チアキの友達だ」

「どれ?」

「あそこ、円柱のところ」

「あ……」

円柱に視線を向ける前に、中央で踊るひときわ背の高い東洋人が目に入った。伊織じゃないか。目を逸らすつもりが、千晶は思わず彼の姿を追ってしまう。

「わかったか?」

「え? あ、うん……」

背筋をすらりと伸ばした彼は、西洋人の女性の手を取って踊っている。どんな内容を話しているのか、微かに伊織の唇が動き、それに応じて女性の表情は綻んだ。

やっぱり、男前だ。

ほかの日本人は萎縮《いしゅく》したり、似合わぬ正装を何とか身につけているのに、伊織は違う。

物怖じせずに堂々と振る舞い、女性のあしらいも堂に入ったものだ。

千晶には決してダンスなどという器用なことはできない。せいぜい、相手のドレスを踏むのがおちだ。

なのに、伊織は堂々として女性を華麗にリードしている。

あのエスコートぶりから察するに、女性の扱いにも長《た》けているに違いない。

千晶の胸の奥で、何かがざわめく。

……なんだ？

流麗なステップを踏みながら遠ざかった伊織たちと場所を入れ替え、真一たちのペアがやって来た。

真一のダンスも見事だが、千晶は半ば無意識のうちに再び伊織を探してしまう。

「！」

女性が伊織の足を踏んだが、彼が優しい微笑でそれを許すのが伝わる。

彼らが醸《かも》し出す空気に、千晶は得も言われぬ気持ちになってその場に立ち尽くした。

これが、身分の差ってやつか。

伊織の目には、こうして窓から必死で覗き込む自分の姿なんて映らないだろう。

もう二度と会わない。この船を下りれば、関わることなどない相手だった。

4

——お兄ちゃん！　千晶《ちあき》兄ちゃん！　大変だよ！

ここ数日熱を出して学校を休んでいた千晶の部屋に駆け込んできたのは、近所に住む年下の仲間たちだった。煎餅蒲団《せんべいぶとん》に取り縋《すが》り、子供たちは顔を真っ赤にさせて千晶の躰を揺する。

「どうしたの？」

「絵里《えり》が木から落ちたんだ！　三浦《みうら》さんの木だよ！」

「何だって⁉」

仰天した千晶は、自分が高熱を出しているのを忘れ、慌てて立ち上がった。その拍子に躰が傾《かし》いだものの、自分なんかより絵里が心配だ。

薄い躰にどてらを引っかけて現場に急ぐと、夏《なつ》みかんを握り締めた絵里が道端《みちばた》に座り込んでわんわんと泣いている。

「絵里！」

「お兄ちゃん」

「どうしたんだ、おまえ……」

慌てて絵里の腕を取って抱き起こそうとしたが、尻を打って動けないようだ。

「あのね」

みかんをしっかりと握ったまま、絵里が啜《すす》り上げた。

「みかん、食べたらお兄ちゃんが元気になると思ったの。もうずっと寝てるから」

「絵里」

「早く学校行きたいんでしょ？　絵里、お兄ちゃんの喜ぶ顔、見たいもの」

ほんのりと胸が熱くなる。

兄思いの、可愛い妹。

いつだって絵里は、自分を思いやってくれた。心配かけまいとして、にこにこと笑っていた。

「だからって、三浦さんちのみかんを勝手に取っちゃだめだろ。謝らないと」

「……うん」

――もう、十年は前の話だ。

あのとき絵里が取ってくれた夏みかんは酸っぱかったが、彼女の思いやりはきちんと千晶にも届いていた。まるで燦然《さんぜん》と輝く思い出のように、その色合いは鮮やかだった。

「懐かしいな……」

 つい、そんな独り言が零れる。

大切な絵里に誰よりも幸せになってほしくて、千晶はこうして戻ってきたのだ。

横浜《よこはま》の光景は、千晶が出国する頃と大きな変化はないように見えて、よくよく観察すると知っていた商店がなくなっていたり、あるいは新しいホテルや建物ができていたりと、発見は尽きない。

最寄りの駅からの通い慣れた道を徒歩で辿《たど》るだけで、もう胸がいっぱいになる。

「あら、千晶ちゃん」

声をかけてきたのは、近所に住んでいた老女だった。

「三浦さん、こんにちは」

思い出すよりも先に、彼女の名前が口を衝《つ》いて出てくる。

「まあまあ、やーっと帰ってきたのねえ。久しぶりだこと」

「思いがけず、長く留守をしてしまって」

老女は例の夏みかんの木の持ち主で、当時、絵里のお転婆《てんば》を笑って許してくれたものだ。

「絵里ちゃんも綺麗になったのよ。でもま、あんたも相変わらず別嬪《べっぴん》だからねえ。二人揃《そろ》って羨ましいこと」

「そんな……」

羞《は》じらいに頬を赤らめる千晶に、「あらあら、こんなおばあちゃんに口説かれるなんてねえ」

と彼女はころころと笑った。

「あんまり長く引き留めちゃ悪いわね。早くお帰りなさいよ」

「はい、ではまた」

一礼した千晶は、雑然とした路地を抜け、懐かしい我が家に近づいていく。

駅からの坂道をゆったりと上がっていくと、人が一人通れるほどの小路《こみち》がある。その奥、伸びすぎた柘植《つげ》の木の枝振りが視界に入り、鼻の奥がつんと痛くなった。

うちに、帰ってきたんだ。

柘植の慎ましやかな花が好きな母のために、父が手ずから植えたのだ。柘植は常緑樹だから一年中緑でいいだろう、と言って。

木戸門を押すと、音を立てて開いた。

「………」

千晶はすうっと息を吸い込み、あたりの空気を味わおうと試みる。

引き戸の前に立った千晶は、「ただいま」と「ごめんください」と、どちらを口にすべきかを迷う。まごついているあいだに、からりと戸が開いた。

「兄さん！」

物音がしたせいで念のため見に来たのだろう。妹の春川《はるかわ》絵里は、千晶を見て目を丸くする。

「どうしたの、ぼんやりしちゃって。声をかけてくれればよかったのに」

「なんて言うのか迷っていたんだ」

日本に着いてからは和装の女性ばかり目にしていたせいか、洋装の絵里がやけに眩しく見えた。

「ただいま。母さんは？」

少しきつめに見える目許は、互いに父親譲りだ。絵里は女性にしては背が高く、千晶と目線が大して変わらない。そのことを気にして猫背になったりしないのが、彼女の長所の一つだった。

「三崎《みさき》のおばさんのところに行ったの。兄さんが帰るならご馳走《ちそう》を作るからって、魚を仕入れに。思ったより早かったのね」

「ああ。おまえは元気にしていたか？」

「ええ。兄さんも全然変わらなくて驚いちゃった」

自分の喉《のど》のあたりで両手を重ねるその仕種《しぐさ》は、以前と同じだ。少女めいたところがそこかしこに残る絵里の可愛さに、千晶は目を細めた。

「そうかな。それなりに貫禄《かんろく》はついてないか？」

「全然。相変わらず綺麗だわ、兄さんは」

さらっと言い切られて、千晶は「酷いな」と苦笑する。

昔からこうやってはっきりとものを言う点が、彼女の大きな長所だと思っていたが、心配でもあった。その美点を見初められたかどうかはともかく、無事に結婚相手が決まったのだから、嬉しい話ではないか。いったいどんな相手と結婚するのだろうと、千晶は詳しく聞きたくてたまらなかった。

「今、熱いお茶を淹《い》れるわね」

「ありがとう」

絵里と千晶の姓が違うのは、親戚である御倉《みくら》家が家名の断絶が忍びなく、名目だけでいいからと千晶を養子に迎えたためである。当時は千晶たちの兄が存命で、両親も反対しなかった。

しかし物心がついたときから生まれ育ったのはこの家なので、自分は春川家の一員だという意識が強い。尤もその春川家も、絵里が結婚したら断絶しかねないのだが。

卓袱台《ちゃぶだい》の前に腰を下ろした千晶は、傷だらけの卓をそっと掌《てのひら》で撫でる。

この上で小刀を使って椿《つばき》の実を割ろうとして、指を切ってしまったっけ。いつもは穏やかな母が人が変わったように俊敏に動き、千晶の手当をしてくれたのも懐かしい思い出だ。

ややあって、絵里がお茶を淹れて台所から戻ってきた。

久しぶりの日本茶は嬉しく、じわりと喉に沁《し》みるようだ。

「それで……絵里、結婚相手ってどんな人なんだ？」

「正確には取引先の社長さんの息子なの」

絵里を選ぶとは、なるほどお目が高い。

「人柄は?」

「息子さんは外国に留学しているって話で、本人には会ってないのよ。お見合いなの」

絵里はころころと笑った。

「なんだって……?」

「写真花婿《はなむこ》ってところかしら。親しい方に話は聞いたわ」

「それは禁止されてるはずだ」

なんだろう。覚えのある話題だった。

「そうなんだけど、仕方ないでしょ?」

「だからって非常識すぎる。絵里、知ってる限り、相手のことをもっと詳しく聞かせてくれないか? 名前は? 家は? 仕事は何だ?」

千晶が矢継ぎ早に口にしたものの、「だめよ」と絵里は首を横に振った。

「どうして」

「私、兄さんには何も偏見を持たずに彼に会ってほしいの。そのためには、何も教えたくないの」

彼女の言い分は尤もだったが、そう言う絵里だって当の婚約者に会ってはいないのだ。

「おまえだって相手を知らないいんだろう?」

「そうだけど、会わなくたってわかるわ！　だって、何度も手紙をやりとりしていたんだもの。優しくて素敵な人なの」

頬を染めて言い募る絵里もまた、そのお相手に夢中のようだ。

それに絵里は、頑固で、一度言いだしたら聞かない性分の持ち主でもある。こうなった以上は、千晶が意見を述べる余地はまったくない。

「とにかく、私が紹介するまではおとなしくしていてちょうだい」

「暴れたりしないよ」

「あら、わからないわよ。兄さんは普段冷静なのに、家族のことになると人が変わるんだもの」

「それだけおまえが可愛いんだよ」

たった一人の妹なのだから、可愛くないはずがない。おまけに絵里はとびきり家族思いと来ているのだ。

「じゃあ、その人がどこに住んでいるかだけ教えてくれないか？　嫁ぎ先だろ？」

千晶としては、最大限の譲歩だった。

「確か泉岳寺《せんがくじ》の近くだったわ」

それだけでは何の手がかりにもならないが、絵里には教える気が皆無なのだから仕方がない。千晶は今のところは深追いせずに、別の作戦を考えることにした。

翌日は、千晶の後ろめたい心を映したような曇天《どんてん》だった。

絶対に婚約者のことは調べないと約束したのだが、いざとなると千晶はいても立ってもいられなくなった。

可愛がっていた妹の結婚なのだから、相手について何も知らないまま、のしをつけて送り出すことはできない。

そもそも千晶は、どんなに困窮しているときであっても、仕送りを欠かしたことがなかった。

要するに自分は絵里の婚約者について、肉親かつ保護者として、多少なりとも知っておく権利があるというわけだと、強引にこじつける。

「泉岳寺だったな……」

絵里が仕事に出かけたのをいいことに、千晶はこっそり自宅を出て泉岳寺へ向かった。住所はたまたま母が、覚えていた。先月、当の社長が亡くなり、葬儀に参列したからだ。

母がぽろりと漏らしたところによると、相手の名前は『ミヤモト』だという。結婚が決まってから絵里は俄然《がぜん》張り切り、ダンスやら茶の湯やらを習っているのだとか。

それらの手がかりから千晶が思い描くのは、帰りの船内で会った真一《しんいち》のことだった。

まさかそんな、と思いつつも一つ一つの条件は嚙み合っている。けれども、そんなできすぎた話があるはずないと、半信半疑だった。

同時に、あの不愉快な男の面影が、脳裏を過《よ》ぎる。

松下伊織《まつしたいおり》。

あいつには、最後の最後まで、誤解され通しだった。彼に蔑まれたまま終わったのかと思うと、さすがに悔しい。

おまけに、自分の妄想が事実だったら、絵里は代理の伊織と見合いしたことになる。絵里はあんな非礼な男を許せたのだろうか。

高い塀《へい》で囲われた屋敷は、広大な敷地の中に位置している。

庭園の向こうにスレート葺《ぶ》きの屋根の灰色っぽい洋館が建っており、妙な迫力を醸し出していた。

絵里はこんな家で暮らすのだろうか。

「当家に何かご用ですか」

「！」

およそ来客に対するものとは思えぬほどに冷ややかな声を背後からかけられ、千晶ははっとする。

覚えのある、なめらかな美声を忘れられるわけがない。

覚悟はしていたが、こんな偶然があるのだろうか。

せめぎ合う二つの気持ちを抱きつつ千晶が振り返ると、腕組みして佇《たたず》んでいた男が一瞬たじろいだ。

「おまえは……」

案の定、伊織だった。

その男らしい顔に動揺の色が差す。

「まだ真一さんに未練があるんですか？　往生際の悪い牝狐だ」

やっぱり、絵里がこんな男と円満な見合いをするわけがない。むっとしつつ、千晶は探りを入れる。

「婚約者？」

「僕は妹の婚約者の顔を見に来ただけです」

鞄を手にした伊織は、訝しげな顔になった。

「ここを通りがかったのはたまたま。それとも、この界隈《かいわい》に宮本《みやもと》って家はここしかないんですか？」

「ありません」

あっさりとした返答に、千晶は息を呑《の》んだ。

最悪の想像が、現実のものになろうとしている。

「確か名前は御倉千晶、だったな。妹の名前は？」

「――どうして、あんたにそんなことを言わなくちゃいけないんですか？」

売られた喧嘩《けんか》を買っている場合ではないのだが、つい、好戦的な口調になってしまう。

「簡単だ。私が仕える宮本家への来意を知りたいからだ。今日は執事の竹柴《たけしば》さんが休みで、代わりに私が執事の役目をしているのでね」

言い切った伊織は、憎らしいことに平素の冷静さを取り戻している。

この男がいるとは、本当に真一と同居を再開したようだ。

「僕の妹の名は、春川絵里です」

「なぜ姓が違う？」

「そんなことまで、赤の他人に教える必要はないでしょう」

「それでは信用できないな」

「……親戚の養子になったんです。これ以上話すことはありません」

苛立ちから千晶は伊織との会話を乱暴に打ち切り、さっと身を翻した。

確かめるべきことは一つだが、それをこの男の口から聞くのは嫌だ。

こうなった以上は、仕方ない。絵里の婚約者が、真一であっても構わない。彼は人品卑しからぬ人物で、千晶も真一ならば諸手《もろて》を挙げて賛成できた。

問題は、おそらく真一には漏れなくこの男がついてくるであろう点だ。

最初から喧嘩腰で、とてつもなく態度が悪いやつが。

「待て」

冷徹な声で、伊織は千晶を呼び止める。聞きたくないけれど、かといって逃げるのはもっと嫌だ。千晶は首だけを曲げて「まだ何か？」と問うた。

「認めたくはないが、どうやら君の妹は、真一さんの婚約者のようだ」

やはり、そうか。

『おまえ』から『君』に格上げされたが、喜ぶ気にはなれない。

千晶は精いっぱいの冷静さを装い、仏頂面で腕組みをする男を睨んだ。

「そのようですね」

「これで、真一さんの結婚を認められなくなったな」

「どうして！」

「当然だろう。こうなると、兄妹で何を企《たくら》んでいるかわかったものではない」

「絵里を見初めたのは、真一さんの父上だって聞いてますけど」

「あの親子には、少し世間知らずなところがある。それを正し、真っ当な道に導くのが私の務めだ」

仮にも自分のあるじなのに、その評価は酷すぎる。

「いずれにしても、今後のことは考えさせていただきます」

顔色一つ変えずに伊織は告げると、「それでは、ご機嫌よう」と一礼し、漸く使用人らしい様子を見せた。

宮本邸は、瀟洒《しょうしゃ》な洋館で知られ、設計は当代で最も人気のある建築家の広瀬秋成《ひろせあきなり》で、屋根は天然スレート葺《ぶ》き、地上二階・地下一階の無駄のない作りになっている。

地下はメイドたちの部屋や厨房《ちゅうぼう》、一階は来客用の空間と大小の二つの食堂、そして家族たちは主として二階で生活した。二階の部屋は半分が洋間、もう半分が和室で、そのうちの一つが伊織の居室として与えられている。

伊織としては主家で同居など身に余ると固辞したが、急逝した亡父の後を継いで宮本商事の社長になる真一が仕事に慣れるまでは、いろいろ教えてほしいと請われている。何よりも父を失って淋しいと真一に言われ、落ち着くまでは、と承諾した。

「真一さん、支度はできましたか」

外から呼んでも返事はない。

失礼、とおざなりに声をかけてから部屋の扉を開けると、真一が入り口に背を向けて寝台に寝転がっている。

真一の社交嫌いは筋金入りで、この先グループを担う身では困りものだ。しかし、成金が上流からも下流からも蔑まれてきた土壌《どじょう》を思えば、それも無理からぬことだろう。叱《しか》っても意味がないので、伊織はなるべく穏やかな言葉を選ぶ。

「あなたが帰ってきたことを、皆さんに知らせなくてはいけないんですよ。少しは我慢しないと」

音を立てて舶来の衣装簞笥《だんす》の戸を開け、伊織はちらりとあるじの顔色を見てから、シャツと上下の礼装を選ぶ。そして、彼に歩み寄って無造作に衣服を突きつけた。

「どうぞ」

「………」

真一はきゅっと唇を引き結んだあと、脱力して息を吐き出した。その拍子にぎしりと寝台が軋み、彼は所在なげに足をぶらぶらさせる。

「だいたい、僕が戻ってきて喜ぶ人なんているか？」

「おもにご婦人方が」

表情一つ変えずに、伊織は断言した。

「この先、絵里さんと結婚するのに？」

「でしたらご友人が歓迎してくれるでしょう」

「友人、ね……」

真一は苦笑を口許に湛《たた》えて、首を横に振った。どうせ親しい友人など社交界にはいない、と言いたいに違いない。

「あなたはそういう華やかな席を嫌いすぎます」

「悪いが生まれつきだ。おまえに代わりに出てほしいくらいだよ」

シャツに腕を通しつつ、真一は懶《ものう》げにため息をつく。

「お供はしますから、それで勘弁してください」

「僕じゃなくて、おまえがこの家の長男だったらよかったのに」

冗談めかした真一の言葉に、伊織は小さく微笑んだ。

「私は旦那様に恩義がある。だからこうして仕えているだけで、本来なら一家臣ですよ」

「いや、おまえは僕の友人だ。それに、血筋はおまえのほうがずっといい」

「家柄が古いというだけです。父が死んだときに、もうとっくに華族の資格を返上してるんですから」

伊織は着替えを終えた真一の服装を頭のてっぺんから爪先《つまさき》までじっくりと検分し、大きく頷いた。

「いいですよ、行きましょう」

「……ああ」

執事の竹柴にあとのことを任せて自家用車に乗り込むと、伊織はほっと息をついた。

「彩小路《あやのこうじ》家の夜会か……気乗りしないな」

「その言葉は耳に胼胝《たこ》ができるくらい聞きました」

「悪かった」

真一は苦笑し、頬杖を突いて窓の外を見やる。

「早く絵里さんに会いたいよ」

「――顔合わせは明後日《あさって》です」

昼間、突然この家を訪れた千晶のことを思い出し、伊織の声にはありありと棘が交じる。

あのたちの悪い牝狐め……！

偶然？　そんな馬鹿な。何か作為があるに決まっている。もしや、あの絵里もぐるなのだとしたら、自分の不手際だ。

しかし、不用意に絵里の話題をすれば真一が話を聞きたがるのは目に見えていたので、これまで我慢していたのだ。

「うん、楽しみだな」

「ところで……絵里さんのことなのですが」

伊織は努めて淡々と切り出した。

「ん？」

「今日、たまたま絵里さんの兄上にお目にかかりました」

「そうなのか⁉」

運転手は頓狂な声に驚いたらしく、車体がいきなり右に振れる。咳《せき》払いをした伊織は「ええ」と静かに答えた。

「どんな方だった？」

「あなたの友人です」

友人というのも腹立たしいが、そう区分するほかないのだから仕方がない。

「僕の？　誰だ？　全然心当たりがないな」

困惑した様子で首を傾げる真一の鷹揚さに、今日ばかりはため息の一つもつきたくなったが、ぐっと我慢する。

「御倉千晶です。あなたが日輪丸で乗り合わせた、あの博徒ですよ」

「え……博徒って……」

真一が何かを質問する前に運転手が車を停止させ、「着きました」と声をかけてきた。

「さあ、下りてください。話はあとです」

「あ、ああ」

夜会には完全に遅刻だった。

このご時世では、金持ちの程度はそれぞれで、数十人、時に数百人の賓客《ひんきゃく》を招待できるほどに大きな邸宅を持たぬものも多い。そのため、こうしたパーティはホテルで開催されることがままあった。

会場となるホテルの入り口で外套を預けた伊織は、奥からやって来る二人連れに気づいて足を止めた。

真一もそれに倣《なら》う。

「やあ、宮本君。久しぶりじゃないか。このたびはご愁傷様だったね」

姿を現した初老の紳士は、高名な政治家である木島淳博《きじまあつひろ》だった。金沢《かなざわ》出身の彼は物腰のやわらかさと粘り強さの持ち主で、高潔な人物として知られている。

「お久しぶりです、木島先生。父の葬儀にいらしてくださったとか。ありがとうございました」

真一に続いて伊織も控えめに会釈した。

「どうだった、留学は」

「得られるものが多かったです」

朗らかに笑った真一の声を聞きつつ、伊織は一歩退くようにして佇《たたず》む木島の同行者に視線を向ける。見たところ三十手前だから、伊織と同年代か。髪を撫でつけた長身の青年は眼鏡をかけており、そのレンズの下にある目はさも冷徹そうな光を放っていた。

「松下君、彼は私の秘書の深沢《ふかざわ》だ。何かあれば、彼を通してくれたまえ」

「かしこまりました」

慇懃に頷いた伊織は、深沢を一瞥《いちべつ》する。深沢は伊織のあからさまな値踏みの視線を感じただろうが、口許に笑みを貼りつけたまま、それ以上は顔筋一つ動かさなかった。

この手の男は苦手だ。物静かに人を観察し、密やかにその爪を研いでいる。いざとなればその鋭利な鉤爪《かぎづめ》で人の四肢を引き裂き、喉笛を噛み切るのだろう。

関わらないことが最善といえそうな相手だった。

「深沢直巳《なおみ》と申します」

「松下伊織です」

伊織が差し出した右手を男が軽く握ったが、さらりとした感触の手は、ひどく冷たかった。

「………」

わずかに表情を強張らせた伊織に、深沢は深みのある低音で告げる。

「失礼、冷たかったですか」

「……いえ」

深沢は微かに微笑むと、促すように木島の顔を見やった。

「ああ、次があるな。そろそろ行こうか」

敏感にそれに気づいた木島が辞去を切り出したので、伊織はほっとした。このままでは、主催の彩小路公爵に挨拶をする前に、真一が飽きて帰ると言い出しかねないからだ。

「またいつでも遊びに来てくれたまえ」

「はい」

木島と別れ、伊織と真一は急ぎ足で会場へ向かう。

宴会の舞台となるホールは人で溢れており、紳士淑女《しゅくじょ》がダンスに興じている。

「おお、真一君。元気そうだな」

目敏く真一を見つけ、彩小路がえびす顔で近づいてきた。

「公爵、お久しぶりです」

彩小路公爵と真一が挨拶しているのを背に、伊織は会場を見回す。美しい令嬢たちは真一に話しかけたそうにしているものの、主催者と挨拶中とあっては口を出せない。

テラスのあたりで人の気配を感じてそちらに視線を向けると、華冑界《かちゅうかい》の有名人である伏《ふし》見義康《みよしやす》と清潤寺和貴《せんかんじかずたか》が室内に戻ってくるところだった。

伏見は政界の黒幕として、そして清潤寺和貴はその美貌と遊蕩《ゆうとう》で知られている。どちらも等しく有名人だったが、その意味合いはだいぶ違う。

社交界でも屈指の絢爛《けんらん》たる美貌の持ち主はちらりと伊織に視線を投げたが、すぐにそれを逸《そ》らした。

白い膚《はだ》、濃茶の髪と目。薄い唇は赤みが差し、和貴の表情は高慢で権高な内面を反映している。

彼は尻軽な淫乱《いんらん》との評判で、生真面目な伊織が最も苦手とする人種だった。

頽廃《たいはい》的な和貴の美貌よりは、どちらかといえば千晶の華やかさと素直さが同居した顔立ちのほうが好ましい。

「………」

「おい、伊織」

真一が伊織の服の裾《すそ》を引っ張ったので、伊織は漸《ようや》く我に返った。

「何か？」

「さっきの話だよ」

「そんなことよりも、各界の皆さんにご挨拶を」

「その前に続きだ。だいたい、絵里さんと千晶君じゃ苗字《みょうじ》が違うよ」

「養子に出されたそうです」

「ああ！　そうか、そうだったのか」

あからさまに声音に喜びが混じり、弾んでいる。

「もしかしたら、今回のことはあの男が仕組んだのかもしれない。調べておきますから、両家の顔合わせは延期、もしくは中止にできませんか」

博徒なんて堅気ではないし、どんな陰険なことを企んでいてもおかしくはない。

「それはだめだ」

珍しく、真一が断固とした反対の声を上げた。

「どうして」

伊織の声も自然と尖ったものになる。

「絵里さんとの結婚は父の遺言だ。それを取りやめれば、父の顔に泥を塗ることになる」

「相手が財産を食いつぶす不逞《ふてい》な輩でも？」

「僕は父の見る目を信じている。彼女との手紙のやりとりも楽しかった。何より、おまえだって絵里さんと会って話をしたんだろう？　その印象はどうだったんだ」

「…………」

それには、さしもの伊織もぐうの音も出なかった。

確かに絵里は素敵な女性だと思った。進歩的でしっかりもので、非の打ちどころがないと真一にも報告した。それでもなお、宮本家に嫁ぐにあたり礼儀作法や諸々の習熟が必要だろうと、こちらが金銭を負担して社交ダンスやら何やらを学ばせているところだった。それも楽しそうにやっていると報告を受け、斯様《かよう》な女性と結婚が決まってよかったと、伊織自身も喜んでいたのだ。

黙り込んだ伊織を目にして、真一はふと表情を和らげた。

「おまえの顔を見れば、答えはわかる。顔合わせはそのまま決行するよ」

「──わかりました」

確証もないのに顔合わせすらせず婚約を破棄したとあっては真一の評判に傷がつきかねないし、まずは相手の欠点を見つけ出すほかない。瑕瑾《かきん》を探し出して、それを元に双方合意の上で婚約を解消する——その糸口となるのは、やはり千晶だろう。

「千晶君にまた会えるなんて、楽しみだな。会ったなら、家に呼んでくればよかったのに」

「ええ、まあ」

折角だから挨拶をしたかったとでも言いたげな真一に、伊織は渋々と相槌《あいづち》を打った。


「絵里、話があるんだ」

夕食後に千晶が切り出すと、台所を片づけていた絵里は「なあに？」と手を拭《ふ》きながら卓袱台の前に座った。

また少し、綺麗になった気がする。

結婚が近いことが、絵里の魅力を増す一因になっているのだろうか。

そう考えると、これから伝える内容の重さに気持ちが滅入りそうだった。

「僕は、真一さんとの結婚に反対だ」

「どうして？　……あら？　どうして真一さんの名前、知ってるの？」

しまった。

あまりにも迂闊《うかつ》な切り出し方をしてしまったと千晶は反省したものの、後の祭だった。

「そのあたりはどうだっていいだろう？　とにかく、反対なんだ」

「どうでもよくないわ！　話してちょうだい」

目をつり上げた絵里の迫力に押され、千晶は真一たちとの船上での出会いから今日の再会に至るまでを物語る羽目になった。無論、自分がシンガポールのカジノにいたのは、たまたまということにしておいた。

「——やっぱり運命なのね！」

「は？」

奇妙な因縁に愕然《がくぜん》とすると思いきや、想定外の反応だった。

「私と真一さん。惹かれ合う運命だったたってことでしょう？　すごく嬉しいわ」

何か妙な小説でも読んだのではないかと思うほど、絵里の発想は突飛だった。

「いや……それはそうかもしれないが、問題はあの松下さんだ」

「心配ないわよ。わたしがお話しした限りでは、松下さん、とてもいい人だったわ。兄さんを馬鹿にするなんて、信じられない」

伊織は外面だけはよさそうなので、絵里が騙されるのも仕方がない。

「それは最初だけかもしれないだろう？」

「松下さんのことなんて、どうでもいいわ」

「どういう意味だ？」

「だって私、真一さんと結婚するのよ？　松下さんとするんじゃないもの」

絵里の表情があまりにも幸せそうで、千晶は内心でため息をつく。

伊織のような男が付録についてくる結婚では、毎日いびられるのではないかというのが不安なのだ。それなのに、絵里はまるでわかっていない。

「僕はおまえが心配なんだ」

「そんな心配してもらわなくたって大丈夫よ。私、世界で一番幸せな花嫁になるわ」

「いや」

そういう問題でもないのだが。

「もし何か誤解があるなら、私が松下さんとお話しするわ」

「それこそよけい拗《こじ》れそうだから、やめたほうがいい。これは僕とあの人の問題だ」

そのせいでカジノで日銭を稼いでいたことが妹に知られてしまったら、千晶にとっても一大事だ。

「残念ね。もっとお話ししてみたかったのに」

「いい度胸してるな、おまえ……」

いずれにしても絵里が願うのであれば、結婚を許すほかない。妹の幸せを祈るのが、兄としての務めのはずだった。

5

「本日はお招き、ありがとうございます」

書斎に招かれ、深々と頭を下げた千晶《ちあき》は、先ほどから自分に向けられている鋭い視線の意味を嫌というほどわかっていた。

まなざしの主は、当然、伊織《いおり》だった。

両家の顔合わせといっても真一《しんいち》とその母の登美子《とみこ》、千晶の母と絵里《えり》、そして千晶という五人だったので極めて内々の食事会だ。

会食は和やかに終わり、絵里たちが庭を見たいと言いだした。その案内を強引に登美子に任せた伊織によって、千晶は真一共々書斎に引っ張り込まれたのだった。

「楽しい食事会だった。なあ、伊織」

「……はい」

真一は自ら庭を案内したかったようだが、伊織は強引だった。もう少し待てばいいのに、つくづく空気の読めない男だ。

男三人で席を外しては、女性陣がどう思うことか。

洋館の二階にある真一の書斎は、千晶が想像していたよりもずっと蔵書が多く、壁は一面が書棚になっている。洋書がずらりと並べられ、その書名を見るだけで心が躍った。

これまでは書物を読みたいという思いを極力抑え、倹約第一で生活していたからだ。

今も書棚に駆け寄り、本の一冊一冊を検分したいという欲求が沸き起こる。

ここで伊織さえいなければ真一に頼めるが、それも伊織にかかれば真一に取り入るための作戦と解釈されるに決まっていた。

とにかく、こんな気詰まりな時間はさっさと終わらせるに限る。

「それで、僕にお話とは？」

伊織に対する様々な苛立ちから辛辣《しんらつ》な声音になった千晶に、伊織の代わりに真一が口を開いた。

「伊織はまだ君に疑問を持っている」

……やっぱり。

言われなくたって、それくらいわかる。

「絵里さんとのことも何か企んでいるんじゃないかってね」

「僕だけならまだしも、絵里まで侮辱する気ですか」

絵里のためにも堪《こら》えようと思ったのに、千晶の感情はその言葉に容易《たやす》く逆撫でされ、語気が強くなる。

絵里が望むのは真一との結婚であって、伊織は関係ないはずだ。なのに、真一までそんなことを言いだしたので、千晶は心底がっかりしてしまう。

「そう簡単に挑発に乗るとは、疚《やま》しいところがあるようだ」

それまで黙っていた伊織が、皮肉げに指摘した。

「誰だって自分の大切な人間を侮辱されたら、頭に来るものです」

「わかるよ、僕も同じ気持ちだ」

千晶は真一の真意を見極めようと、椅子に腰を下ろした彼の顔をじっと見つめる。

「千晶君、君は妹さんの結婚をどう思ってる?」

「賛成です。もし僕自身が結婚の妨げになるなら、家族と縁を切り、二度と会いません」

本当は今の今まで決意しかねていたのだが、ここまで伊織に嫌われているのであれば、ととことん彼が嫌がる真似をしたかった。いわば、これも意地だ。

絵里には申し訳ないが、今、先に立つ感情はそれだった。

「ありがとう。千晶君、君は大事な友人で、これから家族になる大切な存在だ。縁を切る必要なんて絶対にない。でも、伊織は君を認めたくないそうだ」

「真一さん」

咎めるような声を伊織が出したものの、真一は右手を挙げて彼を制し、先を続ける。

「だから、君という人を伊織にわかってほしいと思っているんだ」

「どうやって？　僕の人となりを延々と語ればいいんですか？」

何があっても自分を信じない男に、どんな態度で接すればいいのかと、ついやさぐれた声音になってしまう。伊織のような頑固そうな男を説得するのは、どだい無理な話だった。

「君と伊織には、この屋敷で同居してもらいたいんだ」

真一の発言に、一瞬、千晶の思考は停止してしまう。この人は、何を言っているのか。

「正気の沙汰とは思えませんね」

「具合でも悪いんですか？」

ほぼ同時に同じ意味の言葉が二人の口を衝《つ》いて出てきたので、お互いに顔を見合わせる。それを見た真一が、ぷっと吹き出した。

「ほら、君たちすごく気が合うだろう」

真一の発言に、千晶は不満顔で再度伊織を見上げた。伊織も同じで、逆に千晶を見下ろして唇をきつく結ぶ。

何か言いたいが、真一の手前我慢している——そんな顔だった。

「生憎、僕は松下《まつした》さんとこれっぽっちも気が合いません」

「試してみなきゃわからないよ。それとも、できもしないことだって、最初から諦めてしまうのかい？」

わかっている。

挑発されていることくらい。

けれども、千晶が伊織の誤解を解かない限り、妹の幸せはないだろう。

つまり、道は一つだ。

「伊織、君だって近くで千晶君を見ていれば、おまえの言う尻尾《しっぽ》とやらが摑めるかもしれないだろう？　それこそいい機会じゃないか」

「…………」

伊織はむっつりとした顔つきのまま、何も発しない。

「伊織、どうせ、おまえもこの家に住んでるんだ。母さんは鎌倉《かまくら》の別荘で暮らしているし、部屋はたくさんある。一人増えるも二人増えるも、大差ないだろう。じっくり観察する好機じゃないか」

「真一さん、いきなりそう言われましても……」

窘めるために漸く差し挟まれた伊織の言葉を、真一は呆気なく遮った。

「部屋は数時間もあれば準備できる。時間がかかるのは、千晶君の荷造りだろう。それとも、おまえは将来の僕の義兄と一緒に暮らすなんて我慢がならないか？」

「くだらない挑発は御免です。私に耐《た》えられないとお思いですか」

伊織が声を荒らげた。

「僕だって耐えられます。松下さんには無理かもしれませんが」

「私が？　子供じゃあるまいし、身近に不愉快な人間がいるからといって、己の生活を掻き乱されるわけがないでしょう」

「なら、二人とも平気なんだね？」

嬉しそうな真一の声に、伊織と千晶は再度顔を見合わせて、それから同時に口を開いた。

「馬鹿なことをおっしゃらないでください」

「時差惚《ぼ》けがまだ治ってないんですか？」

「そもそも真一さん、あなたの見る目がなさすぎるのが問題です」

「それは僕も思ってました。いくら何でも、僕に対する誤解を解こうとしない人と親友だなんて」

「いやあ、仲がいいねえ、二人とも」

いっこうに挫《くじ》けない真一の声に、千晶はむっとした。

「これが仲良く見えるなんて、どういう神経をしているんです？」

真一に言おうとした千晶の言葉を伊織が代弁してくれたので、胸がすくようだった……ん？

無論、伊織の今の台詞《せりふ》は千晶の言いたいことでもあるのだが、何か間違っていやしないか。

「でも、千晶君。残念ながら、君の身の潔白を証明するのはこのやり方しかない。シンガポールでのことを誰にも証言できないからね」

そう言われると、ぐうの音も出ない。

「この家で暮らせば三人で一緒だから、お互いをより観察できる。それに、千晶君は、こちらでの就職は決まったのか？」

「いえ、これからです」

「だったら宮本商事《うちのかいしゃ》に勤めればいい。同じ会社なら伊織が上司としていろいろ教えられるし、一石二鳥だ」

「私はこんな男の監督など御免です」

「僕だって、こんな人が上司なんてまっぴらだ！」

千晶は声を荒らげる。

「社会に出たら嫌いな相手ともつき合うことになる。勿論、二人が嫌なら無理強いはしないよ」

けれども拒否すれば、互いに自身の望まぬ結果になり、相手を利することになる。

「とにかく、反対です。お帰りください」

——あ。

ここだ、と思った。勝負をかけるなら、ここだ。相手がペースを崩してる今ならつけ込める。

「わかりました。同居させてください」

「結構。じゃあ、僕は竹柴《たけしば》に部屋を用意するように伝えてくるよ」

「今日からなんですか？」

「善は急げ、だ」

真一はにこっと笑い、伊織が呼び止めるのも聞かずに部屋から出ていってしまう。

あとには二人だけが残された。

「どうして受けたんだ？　君のせいでややこしくなった」

「あんたこそ」

その二人称を口にした瞬間に伊織にぎろりと睨まれて、千晶は「松下さんこそ」と言い直す。

「ご主人様の教育、間違えてるんじゃないですか。あなたと一緒に暮らせなんて」

「君が尻馬に乗らねばいいだけの話だ。どうして断らなかった？」

「断れば、あなたが絵里の幸せをぶち壊しにするかもしれないでしょう」

「私が邪魔した程度で壊れる幸せなら、最初から縁がなかったものとして考えるべきだ」

「ささやかな幸せでいいっていう無欲な妹を、どうして認めてくれないんですか」

「ささやか？」

言葉尻を捉《とら》え、ふん、と伊織が鼻を鳴らした。

「国内外で数十という関連企業を束ね、年商五十万円という我が宮本商事の社長と結婚することが？」

「絵里は会社や財閥と結婚するんじゃありません。真一さんと結婚したがってるんだ」

「夫の甲斐性《かいしょう》は、妻の幸福に直結する。仮に真一さんが貧乏な借金持ちの男だったら、絵里さんが選んだかどうか」

「それは絵里に聞かなければわからないでしょう。あなた、絵里の心が読めるんですか」

両者一歩も退かず、睨みあったところで「お待たせ」とじつに機嫌良く真一が戻ってきた。

「すぐにでも、部屋の支度ができるそうだ。千晶君、君は絵里さんと一緒に家に戻るといい。明日、うちの車を出すよ」

「いえ、今日からお世話になります。よろしくお願いします、真一さん、松下さん」

伊織が目を瞠ったので、千晶はしてやったりという気分でほくそ笑む。

「松下さん、じゃ他人行儀だな」

「い、伊織さん」

伊織の表情が硬くなるのがわかった。

伊織への嫌がらせになるのなら、いくらだって一緒に住んでやる。

絵里が心配するかもしれないが、終わりよければすべてよしという諺《ことわざ》もある。その幸せな結末に向けて一歩一歩着実に進むことが、今の千晶の使命だった。

いったいあの人は、何を考えているのか。

今日数度目の問いが、伊織の頭の中で渦巻いている。

やわらかな物腰と人の好さそうな外見に反して、真一が案外頑固で言いだしたら絶対に聞かないことは知っていた。

それを差し引いても、伊織がこんなにも反対しているのに、真一がまるで聞く耳を持たないのは初めてだった。

いつもなら多少の交渉の余地はあるのに、それも恋とやらのなせるわざなのか。

もしくはイギリスに留学して経験を積んだことで自信をつけ、すっかり兄離れしてしまったのかもしれない。

「伊織?」

まるで仲良しの弟を奪われてしまったような虚《むな》しさと淋しさが、一気に押し寄せてくる。

「伊織、どうした。機嫌が悪いな」

書斎で紅茶を飲んでいた真一は、不思議そうな顔になる。英国で真一が選んだ茶葉は、彼がわざわざ手荷物として持ち帰った貴重なものだ。

実際、上海《シャンハイ》でイギリス人に振る舞われた紅茶よりもずっと美味しい。だが澄んだ色合いの紅茶はいくら素晴らしくとも、伊織の心を和ませるには至らなかった。

誰のせいだと思っているのか。

千晶にならば躊躇《ちゅうちょ》なくぶつけられる言葉も、真一には絶対に口にできない。

「悪くもなります」

伊織の立腹ぶりをわかっているくせに、悪びれずに聞く真一の天真爛漫《らんまん》さに苛々したが、ここで態度に出しては、ますます真一が千晶に傾いてしまう。

「考えすぎると胃に穴が空くぞ。……ああ、戻ってきたみたいだ」

騒々しく近づく黒塗りの車体を窓から確認した伊織は、身を翻して真一に言った。

「そのようですね。真一さんはこちらで待っていてください」

「わかった」

帰国したばかりで荷ほどきしてないから、すぐに戻れます――というのが、あの忌々しい男の答えだった。

あそこで数日かかると言えば、伊織が真一を説得して、この馬鹿げた同居計画を止めることもできたかもしれないのに。

玄関では執事の竹柴が待ち構えているので、伊織は彼に「私が応対します」と告げる。

同時にノッカーを叩く音が玄関ホールいっぱいに響き、伊織は無言で扉を開けた。

「御倉《みくら》千晶と申します。これからお世話になります」

千晶は丁重に告げ、深々とお辞儀をした。

昼間の態度の悪さが嘘のようだが、所詮は付け焼き刃だ。伊織は千晶が顔を上げるのを待って、質問をぶつけた。

「荷物は？」

「これが全部です」

彼が示したのは、古ぼけたトランク一つ。立てたときに鞄の中でざざっとすごい音がして偏ったので、中身はそう多くはないだろう。

「背広は？　アイロンを用意させよう」

このトランクの中に入っているとなれば、今頃しわくちゃになっているに違いない。

「これだけです」

千晶はそう言って、昼間から身につけている背広の襟《えり》を引っ張る。

「…………」

伊織は無言になり、すっかり流行遅れになって型崩れした千晶の背広を眺めた。古くさいだけでなく、あちこちくたびれている。美貌で誤魔化せる範疇《はんちゅう》かもしれないが、このような服装の男を真一の義兄候補として連れ回すのは御免だ。

「何か問題ありますか？　僕の大きさに合わないとか？」

「……いや」

唐突に現実に引き戻された伊織は、取り繕うように「寸法はいい」とつけ足す。

顔も十二分だ。

そう言いかけて、伊織は思わず口を噤んだ。

顔に騙されているのは、自分のほうではないか。いくら千晶が並外れた美貌の持ち主だからって、彼の麗容を意識しすぎだ。

「では、何が？」

「あちらでは……そうか、あまり必要ないのか」

「夏用に麻のがありますけど、季節的に着られませんから」

言い差して軽く肩を竦める千晶に、微かにむっとする。

麻の背広を着る季節には、すべての決着がついていると言いたいのか。

つまり、伊織が敗北して真一と絵里が結婚をしているのだと。

年季が入っているのは、その衣服も靴も、トランクもすべて一緒だ。こういうところで真一や周囲の同情を買おうとしているのならば、あざといを通り越して腹黒い。

けれども、この男の思いどおりにさせるものか。

「わかった。――竹柴さん、今、時間は？」

背後にいる執事に話しかけると、控えめに「五時十五分です」という返答があった。

「ぎりぎりで間に合うか。銀座《ぎんざ》の橋爪《はしづめ》洋品店に電話をしてください。これから、客を一人連れていくと」

「かしこまりました」

竹柴が丁重に頷いたので、伊織は千晶の顔を見下ろしつつ床を指さした。

「出かけるので、君は荷物をそこに置いて」

「どこへ？」

「銀座へ。君の服を買いに行く」

「僕の？　この背広がそんなに気に入らないんですか」

「気に入ると思うのか？」

理解しかねたように千晶が小首を傾げると、彼のさらりとした髪が揺れ、一瞬だけ幼げな表情が垣間《かいま》見えた。

その無垢《むく》な色香に目を奪われかけ、伊織は慌てて咳払いを一つする。その手には乗るものか。

「これでおかしいとは思いません」

「最低限人前に出られるような格好をしていなければ、真一さんに恥を掻かせる。ひいては絵里さんもだ」

ぴしゃりと言った伊織に、刹那、千晶は不思議そうな顔を向ける。

「今の説明で理解できなかったのか？」

「……いえ」

千晶を一瞥した伊織は彼の手からトランクを取り上げ、それを玄関の隅に置く。そして「行くぞ」と改めて促した。

「はい。――あ」

歩きだそうとした千晶は、そこでぴたりと足を止める。

「何か？」

「お手数おかけします」

頭を下げた千晶に一瞬呆気にとられたものの、伊織はすぐに肩を竦めた。

「……べつに、これは私が好きですることだ。礼を言われる筋合いはない」

「じゃあ、取り消します」

「………」

「冗談ですよ。でも、店を教えてくれれば自分で行けますけど」

「それでは道に迷うかもしれないだろう。いいから来なさい」

千晶ほどの美貌の持ち主であれば、他人から何かをしてもらうことは当然で、取り巻きや情人を顎で使うことに慣れているのではないかと思っていた。

けれども、違うのだろうか。

千晶の姿は伊織が思い描いていた人物像と、若干の相違があるのかもしれなかった。

およそ二年ぶりに訪れる銀座の町は、まだ夕方ということもあって人通りが多かった。並ぶ店にも変化があるのかもしれないが、もともと詳しくない千晶にはよくわからない。

晩秋の陽が落ちるのは早く、青みがかった暗い空には星が鏤《ちりば》められている。アーク灯の光があたりをぼやけた輪郭で照らし出し、外套を着込んだ人々が足早に往き来していた。

「こっちだ」

「わかってます。一人でも来れたんですから」

「来られた、だ」

「来られましたけど」

言葉遣いをいちいち直され、千晶はふて腐れた気持ちで伊織を睨んだものの、伊織は涼しい顔をしたままで表情一つ変えない。そんなに迫力不足なのだろうか。

すらりとした長身を仕立てのよい外套に包んだ伊織は、すこぶる目立つ。見た目だけなら上等なのに、これでは詐欺だ。

「ん」

ふと甘い匂いが鼻腔を擽《くすぐ》ったことに気づき、千晶は足を止めた。このふくよかな特有の香りは、異郷ではまず嗅《か》げなかったものだ。

「何だ？」

「いえ」

伊織に美味しそうないい匂いがすると言うのも憚《はばか》られる。子供じみているだの何だのと、この男に馬鹿にされるのは目に見えていたからだ。

「ああ、金鍔《きんつば》焼の匂いがするのか。この近くに店がある」

伊織はすぐに、千晶の反応の原因に気づいたようだ。

「そうなんですか？」

「真一さんが好きな店だ」

金鍔焼なんて久しぶりだ。甘い香りに誘われて鼻をひくつかせるが、伊織に「行くぞ」と背中を押される。

「ついてきて正解だったな。金鍔焼で寄り道されたら、橋爪さんを待たせてしまう」

「買いませんよ」

「どうして？」

「お金がないからです」

当然ではないかと思いつつ即座に断言したあとで、千晶は恥ずかしいことを言ってしまったと真っ赤になった。

伊織はいきなり、それから肩を震わせて笑いだす。

意外と楽しそうな様子だった。

暗がりで彼の表情まではよく見えなかったが、心底おかしそうな反応に、ますますいたたまれなくなる。

「……そんなに笑わないでください」

「いや、すまなかった。機会があればご馳走しよう」

傲岸《ごうがん》な男だと思っていたが、社交辞令を述べる気遣いはあるようだ。

そういえば、いつだったか。

船内でも千晶に対して、やけに素直に謝罪してきたことがある。あれには心底、驚いたものだ。案外、そこまで性格が悪くはないのかもしれない。最悪ではなく、『悪い』程度で。

「遅れるんでしょう、急がないと」

「ああ」

頷いた伊織は的確な足取りで路地を通り抜け、たばこ屋の角を右に曲がり、それから落ち着いた佇まいの店の前に立った。

確かにこんな路地裏では、独力での到着は難しかっただろう。

「ここだ」

街灯を反射する硝子戸には、金文字で橋爪洋品店と大書されている。ウィンドウには上等な背広が飾られており、一見してその仕立てのよさがわかるものの、真一や伊織の行きつけの店なのだから、随分高いのではないか。

今のやりとりで自分の財布が殆ど空であることを思い出し、千晶は口を開いた。

「すみません、あの」

「何か？」

「さっきも言ったけど、お金がないんですが」

流れで連れてこられたのはいいが、車中では伊織とまたも喧嘩腰のやりとりになってしまい、ここまで金の話はしなかったのだ。

「それくらいわかってる。今は私が貸して、君の給料から月賦《げっぷ》で払ってもらう。それならいいだろう？」

服を買うようにと勝手に言いつけておいて、それを月賦で返せだと？

「えっ」

まるで悪徳商法だ。

「身なりを整えるのも、社員の務めだ。来なさい」

そう言われると抗《あらが》うこともできず、千晶は渋々伊織の開けた戸の隙間から店内に身を滑り込ませた。

床の糸くずを拾っていた男性は、二人が入ってきたので慌てて躰を起こした。シャツを肘あたりまで捲《まく》り上げた中年の男性は店主なのか、肩に巻き尺を引っかけている。彼は千晶と伊織を見てにこやかに笑いながら、軽く会釈をした。

「お待ちしておりました、松下様、御倉様」

「こんばんは、橋爪さん。彼の背広一式を何着か誂《あつら》えたいのですが」

「かしこまりました。では、早速採寸しましょう。松下様、そのあいだに布地を選んでいただけますか」

「結構。――いや、ちょっと待ちなさい」

奥に連れていかれそうになった千晶を止め、伊織はいきなり近づいてきた。

「なに、」

ぐっと顎を持ち上げられ、射貫《いぬ》くような鋭さで眼鏡のレンズ越しに伊織に見つめられる。自分の心の奥底までもを見透かすような彼のまなざしに、一瞬、息が止まった。

目を逸らせない。

見つめられているだけ、ただそれだけなのに、胸が苦しくなるようだ。

――なぜ……？

「わかった」

彼がやっとそう呟き、さっと千晶から手を放した。

「……へ？」

「目と髪と膚《はだ》の色を、もう一度確かめたかったんだ。綺麗な黒だな」

かあっと頬が熱くなり、千晶はたじろいだ。

どうして。

褒められたのは色味なのに、頬が火照《ほて》る。

「見なくてもわかるでしょう。僕の髪や膚の色くらい」

「減るものでもないし、問題ないだろう?」

「減ります」

「何が?」

「な、何がって……」

こんなふうに見つめられたら、体力が削られる。

照れて、恥ずかしくて、頬が炙《あぶ》られているみたいに熱くなるから。

だけど、それを正直に口にすれば、彼はまた笑うに違いない。

なぜか、その瞬間を見たい気がしてしまうのだ。

千晶が答えられないのをどう受け取ったかはわからないが、伊織は素っ気なく肩を竦めた。

「橋爪さんの仕立ては確実だから、安心するといい。布地は私が選ぼう」

「僕がお金を払うのに?」

「君よりは慣れているはずだ」

そう言われると言葉も出ず、黙り込んだ千晶は橋爪の後について別室へ入った。

「では採寸させていただきますので、上着とシャツを脱いでいただけますか？」

「はい」

半裸になると、この時期ではまだ寒い。

「松下様が、お客様を連れてこられたのは初めてですよ。私の腕を信頼していただいてないかと思って心配していたので、ほっとしましたよ。ずいぶん、仲がよさそうですね」

今のやりとりを聞いていたくせに、誤解にもほどがある。しかし、橋爪がすっかり眦《まなじり》を下げているので、否定することもできなかった。

「つき合いは長いみたいですね」

「それはもう。宮本《みやもと》様の先代がお元気な頃から、ずっとですよ。初めて松下様にお目にかかったのは、お父様がご壮健だった頃ですね」

「二代に亙《わた》るつき合いなんですか？」

こちらから振れる話題がないので、つい質問ばかりになってしまう。

「そうなんですよ。あの頃からしっかりなさっていてねえ。真一様のことをまるで弟みたいに大事になさってましたから」

「面倒見がいいとか？」

千晶の問いに、寸法を記録していた橋爪は愚問とばかりに大きく頷いた。

「ええ、そりゃもう。松下様ときたらしっかり者で、初めて喪服を仕立てに来られたときも、涙一つ見せませんでしたよ」

「喪服？」

聞き咎めた千晶に対して、橋爪は何でもないことのように続けた。

「はい。少し腕を伸ばしていただけますか？　そうです。――母君の喪服でしたね。喪主をなさるとかで」

ということは、父はいないのだ。

「そうですか……ご兄弟はいないんですか？」

「一人息子と伺いましたよ」

つまり、彼は天涯孤独なわけか。

そう言われると、伊織が真一に過保護なまでに接する理由もわかるような気がした。

きっと、彼にとって真一は大事な家族なのだ。

千晶は母も妹も健在だが、これで母がいなくなれば絵里を……そこで千晶の思考は止まった。

そう、絵里だ。

宮本家で伊織との会話で違和感を覚えた理由が、やっと判明した。

千晶がみすぼらしい服装では、真一のみならず絵里にまで恥を掻かせることになる――ほかでもない伊織がそう言ったからだ。

要するに、伊織は絵里に恥を掻かせたくないとどこかで思っているわけだ。おそらく彼は、絵里のことはそれなりに認めており、結婚もそこまで反対ではないに違いない。だからこそ、兄の千晶が宮本家の親戚に相応しいかどうかを見極めようとしているのではないか。

ならば、自分が伊織を説得できれば、結婚に持ち込めるはずだ。

闇雲に反対されるより希望の光が見えたと、千晶は俄《にわか》に明るい気持ちになる。

採寸を終えた橋爪が出ていったので、元の衣服を身につけた千晶が店内に戻ると、ソファに腰を下ろした伊織と橋爪が語らっていた。

千晶が戻ったことに、彼らは気づいていないようだ。

「さすが松下様はお目が高い。この生地はぴったりですよ」

「ええ、彼の膚の色にはこの黒が似合う」

どこか楽しげに伊織が言ったのが、ひどく意外だった。

「これなら下品に見えないし、何よりも色味がいい。ああ、一着は早めにお願いします。通勤に必要なので」

「かしこまりました」

伊織はこんなに穏やかな表情をするのか。

「あの」

千晶が声をかけると、彼がふと振り返る。そこには今し方のやわらかな表情はなく、常日頃と同じ冷徹な顔があった。

さっきまであんなに優しい顔で笑っていたくせに、千晶を認めた瞬間にそれは消え失せてしまった。

「布地は、この四枚にした。まず礼服だが……」

彼は四角く切られた布きれの中から、一枚を取り上げる。黒い光沢のある布地をちらりと見た千晶は、すぐに視線を伊織の顔に戻した。

「説明はいいです」

素っ気なく遮った千晶に、伊織が不審げに眉根を寄せる。

「どうして？」

漸《ようや》く彼の素の表情が覗いたように思え、千晶はなぜか安堵を覚えた。

顔色を窺っているわけじゃない。

だけど、まるで置物のように無視されるよりは、何かしらの感情を向けられるほうが遥《はる》かに嬉しい。

……嬉しい？

こんないけ好かない男の感情が垣間見えることの、何が嬉しいんだか。

無論、一緒に暮らさねばならないのだから、ずっと無表情を決め込まれるよりはましなのだが、自分の気持ちを摑みかねている。

「なぜだ？」

重ねて問う伊織の美声に、千晶は唐突に現実に引き戻された。

「あなたが本気で選んだなら、それでいいです」

「恥を掻かせるために、妙な柄を選ぶかもしれないだろう」

「そんなこと、あなたはしませんよ」

千晶が断言すると、彼は眉を顰めて微かな戸惑いを漂わせる。

くだらない裏工作をすれば、結果的に真一に恥を掻かせるかもしれない。伊織がそんな真似を許さないであろうことは、既に明白だ。

言葉は厳しく常にきついが、伊織からは卑怯さは微塵《みじん》も感じられない。

伊織は伊織なりに、真一に誠意を尽くしている。伊織にとって、何よりも優先順位が高いのが真一の存在なのだ。


宮本邸の重厚な扉が軋んだ音を立てながら開き、薄い灯《あか》りで彩られた玄関ホールの光景が闇の中にぼうっと浮かび上がる。

「ただいま戻りました」

伊織が声をかけると、既に玄関ホールで待ち受けていた執事の竹柴が一礼をする。

「お帰りなさいませ。夕食の準備ができています」

「ありがとう」

結局、帰りの車中でも会話は殆どなかった。

伊織から千晶に問うようなことも何もなかったし、服の見立てで少し疲れていた。

どの生地も千晶には似合いそうだったので、その中からこれぞというのを選ぶのには苦労した。どれも着せてみたい、そんなふうに思ってしまったからだ。

牝狐にも衣装、か。

自分で考えた文句につい笑いそうになり、伊織は急いで表情を引き締めた。

「お帰り、二人とも。食事の支度ができているよ」

真一が階上から朗らかに呼びかけ、足音を立てて駆け下りてきた。

「待っててくださったんですか？」

驚きに千晶が目を見開く。その表情は思ったよりもずっと子供じみた印象があり、伊織は目を奪われかけた。

「勿論！　今日は千晶君の歓迎会だからね」

その一言に、伊織は我に返った。

「伊織も、わざわざ千晶君につき合ってくれてありがとう」

「いえ」

「何だかんだ言って面倒見がいいよね、伊織は」

楽しげな真一の言葉に伊織はむっとしたものの、大人げないところは見せられない。

「では、先に食事を済ませましょう。——こちらへ」

「あ、はい」

まごつく千晶を、一階の小食堂へ連れていく。この家には来客用の大食堂と家族用の小食堂があり、普段の食事は小食堂で摂《と》ることになっていた。

小食堂の円卓は六人掛けで、かつてはこれを真一や英明《ひであき》と囲んだものだ。久々に一名増えた食卓を目にし、伊織は不意に自分らしくもない感慨に駆られた。

「昼が和食だったので、洋食にしたんだ。どちらが好きかな？」

真一が席に着くのを見届けてから、伊織は隣の配膳《はいぜん》室へ向かう。そこでは既に食事は用意されており、あとは運ぶだけとなっていた。

「和食が好きですけど、洋食も嬉しいです。あちらでもずっと自炊をしていて」

千晶のよく通る声が、聞くとはなしに耳に届く。

「自炊？　偉いな」

「そうでもないと、まともな日本食なんて食べられませんでしたから。イギリスで、真一さんはどうだったんですか？」

「僕は食事つきの下宿だったからね。すぐに洋食に馴染んでしまったよ。尤も、いくら僕が食事にこだわらないといっても、イギリスの食事のまずさには閉口したけれど……」

対する真一の声も弾んでおり、普段伊織に話さないようなことまで口にしているのは、いささか悔しい。

「じゃあ、いただこうか」

「いただきます」

食事を前に手を合わせて一礼した千晶を、伊織は隣室の小窓から意地悪な目で見守る。こうした仕種の一つ一つから、不自然さを拾い上げていけばいい。二、三日は礼儀正しいふりができたとしても、いずれは化けの皮が剝がれるだろう。

あら探しをする小姑《こじゅうと》になったようで不快だが、これも真一のため、致し方ない。

「あの、伊織さんは？」

「伊織は給仕をしてくれるんだ」

「給仕を？」

千晶の反応は、すこぶる怪訝そうなものだった。

「そう。昔からの習慣で、やめてくれないんだ」

自分はあくまで彼の従僕であり、その立場を違《たが》えるつもりはない。家内では食事を共にしないのも、その気持ちの表れだった。

千晶のことも主人の迎えた賓客として遇さねばならないのだが、彼は食客扱いでいいだろう。特別扱いするつもりにはなれない。

「じゃあ、今度から和食にしましょう。和食だったら一気に並べられるから、一緒に食べられますよ」

「ああ、それはいいな。名案だ」

よくぞ気づいたとでも言いたげに、真一は嬉しげに相槌を打つ。

「真一さんは、伊織さんのことが大好きなんですね」

「勿論。伊織は、なくてはならない友人なんだ」

「羨ましいです」

意外なほどに沈んだ声で、千晶がぽつんと告げた。

「ん？」

「伊織さんがってわけじゃなくて、心から信頼できる相手がそばにいるなんて。あの人は、あなたの宝物なんですね」

「たとえ百万円積まれたって放さないよ」

宝物。

その言葉を聞いた伊織は、弾《はじ》かれたように顔を上げる。あまりの勢いに驚き、たまたま真後ろで皿を並べていた女中が短い声を上げたほどだ。

「……失礼」

千晶は同じことを言うのか……英明と。

彼と同じ言葉を、千晶がどのような表情で発したのかを知りたくなってしまった。

「…………」

動揺を堪《こら》え、伊織は自分の手を握り締める。

いけない。何を掻き乱されているんだ。

自分を追い出そうとしているやつを手放しで褒めるなんて、どういう意図なのか。

嫌な予感がした。

もしかしたら、千晶はただ、売られた喧嘩を買っているだけで、伊織が嫌うような悪党とは違うのかもしれない。考えたくないことではあるが。

伊織は息をつき、今の考えを脳裏から振り払った。

6

三日後から、千晶《ちあき》は早速出社することになった。

宮本《みやもと》家に引っ越してすぐに出社しろというのは酷だったし、急《せ》かしたとはいえ、背広もできあがっていなかったからだ。

諸々を考慮した結果、伊織《いおり》が室長として着任した部署の社員が一人、長期で休職しているので、千晶はその穴を埋めることになった。尤《もっと》も、千晶に経験があるといってもどの程度のものかわからないし、伊織も彼のことをあてにはしていない。

「千晶さん、大丈夫ですか？」

「何が？」

朝食のために食堂に向かった伊織の耳に、そんな不安げな声が届く。薄く開いた扉の向こうで、千晶と女中が話をしているようだ。

戸口で立ち止まった伊織は、無意識のうちに眼鏡《めがね》を指先で押し上げる。

「昨日おとといは、うちのことを教わったせいで疲れきっていたじゃないですか。なのに、今日から出社なんて……旦那《だんな》様も伊織さんも、酷《ひど》いです」

「いいんだ、僕は居候だから。少しでも頑張らないと」

千晶が肩肘の張らない話し方をしているのを聞くのは、初めてだった。そのこと以上に伊織を驚かせたのは、千晶がすっかり女中を味方につけている点だ。

やはり、油断がならない。

真一《しんいち》のときも、千晶はこんなふうに誑《たぶら》かし、するりと心に入り込んだのだろうか。

さぞや我が社でも目立つに違いない。

伊織が千晶を伴って出社したその数時間後には、彼は社内中で噂《うわさ》の的になっていた。

「松下《まつした》さん、あの綺麗《きれい》な人誰ですか？」

……またか。

今日、これで何度目の質問になるだろう。

女性社員に声をかけられ、真一に渡す書類を手に歩いていた伊織はうんざりしつつも足を止めた。

「御倉《みくら》さんですね？　彼は私がわけあって預かってる、社長の遠縁です」

「すごく素敵な方ですよね！」

彼女はぽっと頬《ほお》を赤らめる。朝のうちに同じ部署の者たちには千晶を紹介したが、全社員というわけではないので、知らない者がいるのも当然だった。

「では、私はこれで」

「あ、ありがとうございます」

何気なく視線を向けると、千晶がちょうど立ち上がったところだった。

仕立てが間に合わなかったので、橋爪が昔見本に作ったもので寸法が合う背広を借りたが、そうすると千晶の美貌《びぼう》はいっそう引き立った。

もともと優美な容姿の持ち主なのだから、いいものを着せれば映えるのは当然だ。

だからといって、これほどまでに衆目を集めなくともいいのだが。

「すみません、野村《のむら》さん。この書類なのですが」

千晶の直属の上司は伊織だが、教育は野村という三十代の男性社員に託している。自分が逐一《ちくいち》面倒を見ては、私情が入ってしまうからだ。

そのやりとりが自然と耳に入ってきて、伊織は足を止めた。

「ああ、これですか……ここは違いますよ。計算が違うんです」

尖《とが》った声が耳を穿《うが》つ。

「でも、さっきはこう処理しろという話でしたが」

「聞き間違えじゃないですか？　人のせいにしないでください」

「すみません」

ほかの社員の前で、千晶が素直に頭を下げる。

野村としては突然任された目立つ新入りが気に入らないのか、随分、嫌みな叱《しか》り方だった。

これでは千晶に恥を掻《か》かせてしまうのに、その配慮すらない。

「あれ、わざと間違ったこと教えてるんじゃないのか？」

「野村さん、ああいうところがなぁ」

案の定、なりゆきを見守っていた他の社員たちがひそひそと耳打ちをしている。

助け船を出すこともできるが、賭博《とばく》に明け暮れるような人間であれば、すぐに音を上げるに決まっている。手助けする必要はないだろうと判断し、伊織は会議室へ向かった。

「よろしいですか？」

「誰だ」

扉を叩《たた》いた伊織は、誰何《すいか》する真一の声を聞き流しつつ戸を開けた。

「私です」

「……伊織」

げっそりとした顔の真一が、大量の書類に埋もれた机の前に座っている。

宮本商事の社長だった英明《ひであき》が亡くなった後、義理固い副社長が社長業を代行していた。いくら真一であっても社長の座を即座に引き継ぐのは無理なので、今は準備期間として、社長になるための勉強中だった。

「どうしたんです？　何か問題が？」

「問題も何も、やることが多すぎる」

「それは、はじめからわかっていたことですよ」

「だけど」

真一はどこか子供っぽい表情で、むきになったように唇を尖らせる。

「あなたはこれまでイギリスに留学していて、社内事情を殆《ほとん》どご存じないでしょう。こうして現場で覚えてもらわないと、困るんです」

伊織の言葉に真一がぐっと黙り込んだ。

「出発点は御倉さんよりましなんですから、少しは頑張ってください」

「わかってる」

はあ、と真一は芝居がかった様子で大きくため息をついた。

「おまえは厳しいな、伊織」

「それだけあなたを買ってるんです。わかってください」

「僕には重荷だ」

ぼやくような口ぶりは、いっそ本心なのかもしれない。

自分たちの大きすぎる期待が真一を潰《つぶ》してしまいかねないと、危惧することもある。けれども、彼ならば乗り越えてくれるはずだ。

「そんなことありません。真一さん、あなたは素晴らしい素質を持っている」

「でも、僕は父さんのようにはなれないよ」

その言葉に、伊織はきっぱりと首を横に振った。

「当然です。私はあなたに、英明様と同じものを求めたりしません」

「それはそれで……残酷だな」

「え？」

「何でもない。書類、ありがとう」

持ち場に戻りながら千晶の席を見やると、ほかの社員たちが昼食に出かけたのか姿が見えない中、彼は一人で机に向かっていた。

千晶は伊織の視線にも気づかず、一心不乱でそろばんを弾《はじ》いている。

独特の緊張感を湛《たた》えたそのさまは、まるで彫像だ。朝方目にしたときと変わりなく、叱られたことが殊更堪えた様子でもなかった。

そうだ、そのほうがいい。

ほかの人間にへこまされる千晶など、見たくはない。

彼を乱すのは、自分でなくては。野村ごときに乱されるなんて、らしくない。

「千晶さん、今夜のお食事はお一人でどうぞ」

宮本商事で働くようになり、一週間が過ぎた。この日、帰宅した千晶を食堂に案内してくれたのは、宮本家の使用人でも一番年少の女中だった。

「一人？　待っていなくていいんですか？」

「旦那様と松下さんは、今日はご接待とかで」

「あ……わかりました」

宮本家の二つの食堂のうち、小食堂で真一たちとともに摂《と》っていた。

今日も朝食中に伊織とやり合ってしまい、真一につくづく「君たちは仲がいいねえ」と感心された。

どう考えても犬猿の仲というのが相応しいだろうに、真一の感性は独特だ。

円卓に用意されていた一人分の箸《はし》。

「いただきます」

まずは味噌《みそ》汁を一口含んでみると、昆布と鰹節の出汁《だし》がしっかり効いており、上品な薄味なのに物足りなさがない。

「……美味《おい》しい！」

そう声を上げたところで、返事はない。和食は給仕する者もいないので、当然だった。

慣れているはずなのに、一人きりの食事というのは味気なかった。

淋《さび》しい……か。

そういえば船内でもこの家に来てからも、誰かと食卓を囲む日が続いた。こうして一人で食事をするのは久しぶりで、物足りないものだ。そんなことを実感させられたのは、これが初めてだった。

伊織の嫌みな発言も、静寂よりはましなのかもしれない。

——あれ？

伊織なんていないほうがいいに決まっている。なのに、どうしてこんな美味しいご飯を食べているときに限って、あいつのことを思い出してしまうのか。

「景気の悪い顔をしてるな」

ふと声をかけられて、千晶は食事を吹き出しそうになった。急いで顔を向けると、いつの間にやって来たのか傍らには伊織が立っていた。考えごとをしていたせいで、彼の気配にまるで気づかなかった。

ぼんやりしていたのを馬鹿にされる——いや、それ以上に内心を見透かされてしまいそうで、千晶はわざと伊織を睨《にら》みつけた。

「これが生まれつきです」

「それは知らなかった」

「今夜は接待じゃないんですか？」

「真一さん一人がいればいい。私は先に失礼した」

伊織は千晶のはす向かいの椅子を引いて腰を下ろし、やって来た女中に「軽く食事を」と頼む。

「かしこまりました」

接待に出向いたはずの伊織が、きちんと食事を摂っていない様子なのは意外だった。

すぐに食事が供され、伊織は無言で料理を口に運ぶ。

……食べるの、早いんだ。

そんなどうでもいいことを考えつつ、千晶は伊織の健啖《けんたん》ぶりを眺めていた。

「仕事はどうだ」

「は？」

「仕事だ。よく続いてるが、職場には慣れたのか」

伊織の言葉遣いは、いつしか随分ぞんざいなものになっている。

しかし、自分も同調して乱暴な物言いになれば、礼儀知らずと馬鹿にされるのが目に見えていたので、千晶は何とか堪《こら》えた。

「特に何もありません」

「問題点は？」

「……べつに」

一瞬言葉に詰まりつつ千晶が答えたせいか、伊織は見逃してくれなかった。

「それは厄介《やっかい》だな」

「どうして」

「問題がないのは、何がわからないかもわかっていないのでは？　経理の経験は特にないという話だったが」

ぐうの音も出なかった。

そのとおり、千晶の今の理解力では会社の業務を把握するのに手いっぱいで、未経験の簿記などはまだまだ覚束《おぼつか》ない。しかし、野村には現場で覚えろと言われ、それ以上の指導など到底頼めなかった。

「どうして黙るんだ？」

――嫌なやつ……。

答えられないという空気を、なぜ察してくれないのか。

「そのとおりだと思ったからです。いちいち同意しなくちゃいけませんか」

おかげで千晶の返答も刺々《とげとげ》しさを帯びる。

「だったらそう言えばいい」

「一言多いと思われるのは嫌です」

刹那《せつな》、伊織は何か言いたげな顔をしたものの、茶を飲み干して湯飲みを置いた。

「ご馳走《ちそう》様」

彼はそれだけを言い残すと、立ち上がって小食堂から出ていってしまう。

普通、そこで立ち去るか⁉

人を嫌な気分にさせるだけさせるとは、逆にすごい話術だ。

ごくたまに伊織を見直しそうになるのに、あの男と来たら、すぐにそれを自分の手でひっくり返してしまう。

そのくせ、この状況が少しは楽しいと思っている自分がいる。

何もかも予想どおりにことが運ぶのでは、つまらない。千晶の投げかけた言葉によって、伊織との関係に化学変化が起きているみたいで、わくわくしてしまう。

「千晶さん、どうかしましたか？」

女中に声をかけられ、千晶は我に返る。とにかく食事を終えようと、すっかり冷めてしまった味噌汁を飲み干した。


執事が毎朝六時きっかりに螺子《ねじ》を巻く時計は、今日も荘重に時を刻んでいる。その振り子の音を聞きながら、真一は先ほどからしきりに時計盤と扉を見比べていた。

「遅いな。今日は、絵里《えり》さんに会うのに」

すっかり支度を済ませてそわそわしている真一に、伊織は「先に出かけてはどうですか」

と言う。

「でも、千晶君が」

一時間も前から外套《がいとう》と手袋を手に、真一を玄関ホールで待っている執事の竹柴《たけしば》のことを思うと、いい加減に解放してやりたかった。

「休日とはいえ、起きてこないほうが悪いんです」

「だけど、日曜日に一人きりなんてつまらないし、何より淋しいはずだ。絵里さんに報告だってあるだろうし」

「報告？」

「そう、新生活について」

いけ好かない同居人にいびられているとでも？　いや、そんな覚えはない。

「これ以上彼を待って遅刻して、絵里さんの機嫌を損ねるのも本末転倒でしょう。御倉さんは、私が相手をしていますから、出かけてください」

大変不本意だったが、真一を納得させるためにはそう言うほかなかった。それを聞いた途端、真一はぱっと顔を輝かせた。

「いいのか、伊織！」

つくづく、わかりやすい。

これをきっかけに、千晶と打ち解けてくれれば——などという希望的観測を抱《いだ》いているのかもしれない。

「そういえば昨日、夜遅くまでごそごそやってたけど、どうしたんだ？」

「え？　ああ……ちょっと探しものを」

伊織はこほんと咳《せき》払いをする。

真一と伊織の部屋は隣り合っているため、ちょっとした物音が聞こえてしまうのだ。

「探しもの？　整理整頓にはうるさいくせに、見つからないものがあるのか」

一瞬言葉に詰まった伊織は、また咳払いをする。

「古いものなので、奥にしまい込んでいたんです」

「あったのか？」

「はい」

「それはよかった」

浮かれた様子の真一を送り出したあと、伊織は真っ直《ます》ぐに千晶の部屋へ向かった。

そろそろ昼近いし、だらだら寝かせておくわけにもいかない。

千晶の素行など気にしないつもりだったのに、日々、野村に怒られる彼を見るのは不快だった。あれではすぐに投げ出すと思ったに、千晶はまったく音を上げない。

自分をこんな気分にさせるとは、あの男はどんな手練手管を持ち合わせているのか。

昨晩だって一人で食事をさせればこの家の使用人を取り込まれかねないと、ついつい真一を置いて帰ってきてしまったのだ。千晶を労《ねぎら》わねばならないと思ったわけではない。仮にそう思ったのだとしたら、それは上司として、だ。

「……御倉君」

遠慮がちにこつこつと扉を叩いたが、返答はない。

「開けさせてもらう」

一応一声かけてから、伊織は千晶の部屋の扉を音もなく開けた。

客用の部屋には寝台と机を運ばせており、薄暗いのはカーテンがかかっているせいだ。すぐに薄闇に慣れた伊織が室内に足を踏み入れると、寝台は空だ。

もしや、逃げたのか？

伊織が部屋を見回すと、千晶は寝台ではなく、机に突っ伏すようにして眠っていただけだった。

よかった、と伊織は胸を撫で下ろした。

千晶の服装は昨日の格好のままで、あれから風呂にも入らずに寝てしまったに違いない。そうでなくとも千晶は最後に湯を使うし、誰が風呂を使ったかなどいちいち調べないから、使用人たちも気づかなかったのだろう。

こんな寝方をしたら眠りは浅く、疲れだってろくすっぽ取れないはずだ。

伊織は千晶の肩に手をかけようとして、ふと、その動作を止める。

千晶の机の上に、古ぼけた英和辞書が置いてあった。それが自分の愛用しているものと同じであることに気づき、何となく捲《めく》ってみる。

破れた表紙を何度も補修した痕跡《こんせき》がある。頁《ページ》を捲るとあちらこちらに書き込みや何やらが見られ、一見して使い込まれていることがわかる。表紙を捲ったところには、『御倉千晶』といささか幼い字で署名がなされていた。

同じ辞書だというのに、自分のそれとはまったく違う。

伊織のほうが語学に長《た》けていて引く回数が少ないのだが、それ以上に、この本に滲《にじ》んで浮かび上がるのは、彼の努力の痕跡にほかならなかった。

これを見れば、彼が少なくとも努力家だと知れる。

この家に入り込み、真一や伊織の心を摑むためだけに、斯《か》くも手の込んだ小道具を揃《そろ》えられるのであれば、彼は相当凄腕《すごうで》の詐欺師といえた。

世知に長けてある意味では老獪《ろうかい》な伊織にすら思い及ばぬことを、無防備に寝ている青年にできるだろうか。

——まあ、無理だな。どこかでぼろが出る。二十四時間演技ができるような役者だとしても、難しいに違いない。

大池の一件がある以上は完全に千晶を信頼したわけではないが、何もかもが彼の謀略だと考えるよりは、すべてが天性のものと思うほうが自然だ。

そうでなくとも、今の真一は絵里に骨抜きなのだ。

ふ、と伊織は唇を綻《ほころ》ばせる。

まあ、それも……悪くはない。

結論は出ていないものの、千晶に対する印象はわずかながら好転しつつあった。

自分の非を認めるのは口惜しいが、伊織とて判断を誤ることもある。

かといって全面撤回するのは尚早だし、当面は今までどおりに接しよう。

「ん」

伊織が自分の上着を脱いで彼にかけてやると、千晶が身じろぎをする。

「いて……」

身を起こした彼は、辛そうな様子で自分の両腕をぶんぶんと振っている。長いあいだ体重をかけていたせいで、痺《しび》れているのだろう。

「おはよう」

声をかけられたのに気づいた千晶が、おそるおそる振り返る。伊織を見た彼は真っ赤になり、「おはようございます」と口の中でもそもそと呟《つぶや》いた。

可愛かった。

額にはくっきりとシャツの袖《そで》の痕《あと》が残っており、まるで子供のようだ。

思わず口許《くちもと》が綻びそうになり、伊織はそれを噛み殺す。

「下で食事をしてから、私の書斎に来なさい」

照れくささを押し隠し、伊織は厳しい声で命じた。

「どうして？」

まだ寝ぼけているのか、千晶が小首を傾げる。

「簿記が苦手と言っていたろう」

「苦手ですけど……それってどういう意味ですか？」

「熱心に英語を勉強しているようだが、今はそれより先にすべきことがある。つまり、簿記を私が一から教えると言っているんだ」

そのために昨日、自分が昔使っていた簿記の教本を探し出したのだ。あまりにも覚えが悪くて職場で部下たちが足を引っ張られるのも困るし、彼が怒鳴られるのを見るのも嫌だ。

「な……」

ここではっきり覚醒《かくせい》したらしく、千晶が目を見開く。

しまった。

経理を教えたかったのに、つい、挑発的なことを口にしてしまった。

これでは千晶が素直に受けるわけがない。

どうしてなのか、千晶に対してはこうした物言いばかりしてしまう。

今のは完全に自分が悪い。

「本当ですか？」

「……嘘をついてどうする」

「よかった！　助かります」

意外なことに、千晶の声が明るいものに変わる。棘《とげ》のない、やわらかな口調だった。

「一人で勉強していると、解釈が正しいか不安だったんです」

ほっとしたように続ける彼の表情が眩《まぶ》しくて、伊織は微《かす》かに目を細める。

こうして時折零《こぼ》れる笑顔も悪くない。

本格的に見惚《みと》れていたことに気づいたのか、千晶が訝《いぶか》しげな顔になる。

「伊織さん、何か？」

「ん、いや……その、額に痕がついている」

「え!?」

咄嗟《とっさ》に言い訳が思いつかずに伊織が適当なことを言うと、千晶が反射的に自分の額を両手で押さえる。

「はっきりついていますか？」

「………」

「伊織さん？」

う。

うっかり千晶に見入っていた伊織は、己の行動に苦笑する。

額の痕なんて、どうでもよかった。

千晶を見つめていたことを、本人に気取《けど》られたくなかっただけだ。

「大丈夫だ、すぐに消える」

「はい」

ほっとした様子の千晶は、すっかり気を緩めている。

本当に彼は、大池を嵌《は》めた悪党なのだろうか。

素直なところもあるのに、どうして賭博などに手を染めていたのだろう。

絵里の清楚《せいそ》さは好ましいものだったし、御倉《みくら》家を調べさせても、父と兄を早くに亡くしたこと以外は、ごくごく普通の家庭だ。

いくら生活が苦しくとも、そこまで堕《お》ち切るようには見えないのだ。

またしても千晶に対する興味が湧《わ》き起こっていることに気づき、伊織は心中で首を傾げた。

「つまりこちらは貸し方で、これが借り方になり……」

朗々とした伊織の声はなめらかで、耳にすうっと染み込むようだ。

伊織のお下がりの教本は古かったが、基礎に重点が置かれ、千晶がこのあいだ日本橋《にほんばし》の丸《まる》善《ぜん》で買い求めたものよりずっとわかりやすかった。

最初からこの教本を知っていれば、無駄な金を遣わずに済んだのに。

「ここまではいいか？」

「はい」

「よし。それでは、この費用だが」

昔は真一の家庭教師をしていたという伊織は、教え方も的確で淀《よど》みない。次々に頭に入ってくるので、これまで自分は何をしていたのかと苦笑したくもなった。

彼が説明をしている途中で、唐突に、扉が忙《せわ》しなくノックされた。

「はい」

分厚い扉の向こうから、執事の竹柴がくぐもった声で「すみません」と話しかけてくる。

「開けて結構ですよ」

「すみません、伊織さん。経理の件なのですが……これを見ていただけますか」

帳面を差し出す執事に対して、伊織は「ええ」と寛容に頷《うなず》いた。

「今は手が放せないので、このあと見ておきます。預かってもいいですか？」

「はい、お願いします」

執事は深々と頭を下げると、部屋を出ていった。帳面を机の端に置いた伊織は、再び千晶に向き直り、「続きだ」と淡々と告げる。

「それで、こちらが……」

低めの美声は、耳に優しく馴染《なじ》む。

こんなわかりやすいなんて、変だ。じつはその声に聞き惚れているだけで、何一つ理解していないのではないか、そんな疑念すら抱くほどだ。

「——どうした？」

怪訝《けげん》そうな顔をした伊織が、千晶の瞳を射るように見つめている。

それだけで頬が火照《ほて》ってくる。

「い、いいえ、わかりやすすぎて、自分がもしかしてちゃんと理解していないんじゃないかと」

「そうか、だったらこの問題を解いてみろ」

伊織の言葉に、千晶は問題に視線を落とした。貸し方に五円、借り方に——五問あった練習問題は、どれもすぐに片づいた。これまで解けなかったことが不思議に思えるくらいに、あっさりと。

「正解。わかっているじゃないか」

「あ……」

驚いた。

一週間かかっても殆ど進まなかったのが、嘘のようだ。

「ありが……」

千晶が礼を言いかけたところでまた扉がノックされ、「すみません」と今度は女中が顔を出した。そのため、千晶はお礼を告げるきっかけを失ってしまう。

「何か？」

「出入りの三河屋《みかわや》さんが、相談があるって言うんですが」

「仕方ないな。ちょっと待っててくれ」

「はい」

一人その場に取り残された千晶は、再び問題を解き始めた。

「どうぞ」

一足先に戻ってきた女中に湯飲みを差し出され、千晶は「ありがとうございます」と礼を告げる。

「いえ、こっちこそ伊織さんを借りちゃってすみません」

初日に仲良くなった彼女はこの家では一番年少で、千晶にも何かと親切だ。

「伊織さん、頼りにされてるんですね。執事の竹柴さんもさっき来てたし」

「そうなんですよ。うちは伊織さんがいないと回らないんです。だから、伊織さんが上海《シャンハイ》に長期出張してるときなんか、みんな困っちゃって」

女中は指を折って、伊織の仕事がどれほど大変かを数え始めた。

「会社に行って、家のことを仕切って、それから旦那様の……不動産やら絵画やら、財産の管理でしょう。いつ寝てるのかって、私たち使用人もみんな不思議がってるんですよ」

会社に行きつつそれだけのことをしていたら、伊織には私生活なんてなさそうだ。

「人任せにできないんじゃないですか?」

「たぶん。それに、伊織さんって厳しいように見えて、人がいいから」

「人がいい?」

「お人好《よ》しってほどではないですけど、頼まれたら断れないみたいで」

「そう、なのかも」

「本当はいつも、日曜の午後はゆっくりなさるんですよ。ほんの三、四時間だから私たちもそれを邪魔しないようにしてるんだけど、今日はなんだかいろいろあって」

確かに、そういう一面はあるのかもしれない。

事実、千晶をまともな社員にするために、伊織は自分の休日を返上しているのだ。

それだけ伊織は、自分を気にかけてくれているのか。

たとえ伊織が見かねて手を出したにせよ、ふわりと気持ちが浮き上がってきて、自分でも止めようもなく口許が緩む。

照れくさくなって、千晶は湯飲みを持ったまま俯《うつむ》いた。

「そういうのも全部旦那様のためですよね、きっと」

女中のつけ足した言葉に、しゅう、と音を立てて今生まれたばかりの嬉しさが消えていくように思えた。

「え……あ、ええ……」

「じゃあ、お邪魔しました」

「あ、はい、お茶、ありがとうございます」

そう、伊織にとっては、何よりも真一が最優先だ。

今回の個人教授だって、ひいては真一のためと思っているのではないか。

それならば、彼の行動にも納得できる。

伊織のような男にそこまで尽くされるなんて、真一が羨《うらや》ましい。

「………………」

伊織なんて意地悪なだけで、嫌なやつだと思っていた。

でも、その根底にあるものは、真一に対する無私の献身だ。それを知っているから、伊織を憎めない。船上での酷い言いぐさも、これまでの一連の行動も、真一を危険から守るための鎧《よろい》となるために出てきたものなのだろう。

偶然が重なった結果とはいえ、確かに、彼らにとって千晶の出現は怪しすぎた。

たぶん、自分だって似たような対応をする。

絵里のためだと思ったら、出しゃばっていると思われたって兄貴面《あにきづら》をして必死になるに違いない。その証拠に、最初は自分も絵里に内緒でこの屋敷に来てしまったではないか。

真一が再三再四言っているとおりに、自分たちは意外と似た者同士なのかもしれない。

「いや……それはないな」

呟いた千晶が椅子に寄りかかった拍子に何かが音を立てて落ちたので、千晶ははっと身を竦《すく》ませた。慌てて振り返ると、椅子の下に伊織の上着が落ちている。先ほど伊織が貸してくれたのを、椅子の背にかけていたのだ。

立ち上がって拾い上げた刹那、上着から伊織の匂いが漂ってきた。

外国の香料の匂いだ。

——あ。

普段気にしたことのない微かな香りが、嗅覚《きゅうかく》をつんと刺激する。

「待たせたな」

同時に予告なしに扉が開き、上着を抱き締めたままだった千晶は現実に引き戻された。伊織は急いで戻ってきたらしく、少しだけ髪が乱れている。

「……何をしてるんだ」

「あ、いえ、椅子の背中から落ちてきたので」

「呪《のろ》いでもかけてるのかと思ったよ」

珍しく冗談を言った伊織が千晶の手から、さりげなく上着を取り上げる。

怒っているわけじゃなく、彼が微笑《ほほえ》んでいるのが見えたからこそ、胸の鼓動がまた激しくなってきた。

もう、どうすればいいのかわからない。完全に混乱している。

「い、いくら僕だって、折角時間を割《さ》いてくれてるのに呪ったりしません」

「時間を割くのも、私が好きでやってることだ」

優しい響きが、すごく、心地いい。

気持ちが急上昇したり乱高下したり、伊織のせいで冷静に振る舞えない。

自分らしくないことなのに、嫌だと思えないのが不思議だった。

7

「二人とも、今度の週末は一緒に出かけないか？」

真一《しんいち》の朗らかな提案に、小応接室で紅茶を飲んでいた伊織《いおり》と千晶《ちあき》は視線を上げた。

「いいですね！」

「構いませんが」

ほぼ同時に発された千晶の返答は積極的で、伊織のそれは消極的なものだった。

「よかった。どこに行きたいって希望はあるかい？」

真一はにこにこしながら問う。

「私は美術館に」

「僕は映画かな。ああ、でも歌劇団のレビューも一度見てみたいです。今、すごく評判になってるんですよ」

「美術館とレビューか……時間的にどちらかになってしまうな」

口許に手をあて、真一が眉間《みけん》に皺《しわ》を寄せる。

今日ぐらい、伊織に譲ってもいいのではないか。

先週末は千晶の指導で伊織の休日を潰してしまったし、できれば伊織には好きなように過ごしてほしかった。

が、レビューと聞いた途端に伊織がこれ見よがしのため息をついたので、かちんとして退《ひ》く気が失《う》せてしまった。

「でしたら美術館にしませんか。日本画家展が大々的に開催されていて、レビューよりもずっと知的です」

「レビューも今回は面白いらしいですよ。会社の大沢《おおさわ》さんのお勧めで」

「え、大沢君の？」

大沢は趣味が観劇という男性社員で、なかなか目が高いと評判だ。真一は彼の審美眼を信用しているらしく、千晶の話に食いついてきた。

「美術展は今度の日曜日までです、真一さん」

「レビューも日曜で千秋楽です。僕、一度でいいから見てみたくて」

「折角の日曜日なのだから、レビューなどという騒々しく低俗なものは見ないで、芸術を鑑賞してはどうですか」

「見たことあるんですか？」

「…………」

唐突に伊織が言葉に詰まり、珍しいこともあるものだと千晶は驚いた。

「見たこともないのに低俗って決めつけるのは、おかしいです」

「――見たことくらい、ある」

むっとしたように眉根《まゆね》を寄せた伊織が口を開いたので、驚愕《きょうがく》に千晶は目を見開いた。

レビューはかなりきわどい格好の女性たちがダンスをするものだ。それをこの、堅物の伊織が……？

「ふうん、意外ですね。真面目って言葉でできてるみたいなのに、そういう趣味があるんだ」

「単なる社会勉強の一環だ」

「社会勉強でレビューなんてご立派ですよ」

「君こそ、シンガポールで何をしていたのか目に浮かぶようだな」

「何でもやっていましたから」

千晶の第二撃に対して、伊織の眉間《みけん》の皺《しわ》が深くなる。

「千晶君、伊織は僕と違って、堅いだけじゃない。昔から女性にもてるしね」

やっぱり、もてるんだ。

千晶の脳裏に甦《よみがえ》るのは、船上のパーティで優雅に踊る伊織の姿だった。

社内においても、伊織の評判はすこぶるいい。

厳しくはあるが、いざというときは優しいし、何かあっても部下に責任を押しつけない、理想の上司なのだとか。伊織に憧《あこが》れている者も多いというのが、同僚の弁だった。

「真一さん、どうしてそういうよけいなことをおっしゃるんです?」

「ごめんごめん」

どこか拗《す》ねたような伊織とは真逆に、真一は快活に笑った。

「じゃあ、もう美術館でいいです。レビューはいつでも行けますし」

伊織を困らせたことに満足し、千晶は矛《ほこ》を収めた。

「君はさっき、レビューは千秋楽だと言っただろう。レビューにすればいい」

「だけど美術展だってその日までなんでしょう?」

逆に互いに一歩も譲らずに睨みあったそのとき、階下が俄《にわか》に騒がしくなる。同時に、誰かが階段を駆け上がる足音まで聞こえてくる。その行儀の悪さも闊達《かったつ》なあるじがいてこそだろうが、伊織が微かに眉を顰《ひそ》めたのを千晶は見逃さなかった。

今の伊織の心理くらい、手に取るようにわかる。笑いたくなるくらい、時として伊織は単純だ。

「旦那様!」

ノックもそこそこに部屋に飛び込んできた竹柴《たけしば》の手には、くしゃくしゃになった封筒が握り締められていた。

「どうした、竹柴」

おっとりとした真一とは裏腹に、竹柴は息せき切っていて、なかなか言葉が出てこない。

「……電報が、届き、ました」

「電報？　珍しいな、誰からだ？」

「アメリカにお住まいの晋太郎《しんたろう》様です」

「…………」

それまでにこやかだった真一の顔から、刹那のうちに輝きが失われる。

まさに、表情がかき曇るという表現が相応《ふさわ》しかった。

「晋太郎さんって、誰ですか？」

こそっと千晶が尋ねると、伊織は難しい顔で「真一さんの伯父《おじ》上です」と告げた。

「昔から、真一さんと英明《ひであき》様は晋太郎様に頭が上がらないんです。おかげで無理難題ばかりを押しつけられて」

伊織はぼやきかけたがすぐにやめ、文面を一読した真一に話を振った。

「それで、真一さん。伯父様はなんと？」

「……今回の結婚には断固反対だそうだ」

「やっぱりそうでしたか」

その言葉を聞き咎《とが》めた千晶は「やっぱりってどういうことですか！」と、思わず身を乗り出す。

「そうじゃない」

伊織が右手を挙げて押しとどめたものの、一度勢いづいた千晶は止まらなかった。

「絵里《えり》が気に入らないっていうんですか？　会ったこともないのに！」

「千晶君、落ち着け」

伊織にぐっと右手を摑まれて、千晶は目を瞠《みは》った。

おまけにさっき、千晶君、と呼ばれた……。

名前で呼ばれるのは、これが初めてだ。

「な、なに……」

「晋太郎様は、真一さんを自分の思いどおりに動かしたいだけだ。今はアメリカに住んで事業をしているが、結婚相手に関しても、自分の望んだ相手と結婚させたがって勝手に話を進めたり、とにかく大変だったんだ」

千晶の腕を軽く摑んだまま、伊織は淡々と口にする。

「それで、真一さんは自分の本意ではないからと、何とか縁談を断ったんだ。君が不安に思うことはない」

あれ？

もしかして、慰めてくれてる……？

「……わかりました。だから、離してください」

「ああ……悪い」

戸惑いから顔をしかめる千晶を見て取って、伊織は漸《ようや》く手を放してくれた。

「晋太郎様の要望はそれだけですか？」

真一は返答の代わりに電報を読み上げる。

「タダイマアサママル　ケッコンニハダンコハンタイ　ミツカゴニツク」

ただいま浅間丸《あさままる》。結婚には断固反対。三日後に着く。

要するに、晋太郎は船上から電報を送ってきたのだ。

一文字いくらの高額な電報でそこまで主張してくるとは、相当強烈に反対するつもりなのだろう。

「……三日後？」

千晶が首を傾《かし》げると、伊織が「今度の週末だ」とやけに深刻な面持《おもも》ちで答えた。


招かれざる客を迎えた週末、宮本家《みやもとけ》はちょっとした緊張に包まれていた。

「伯父上、お帰りなさい」

応接室で待ち受けていた晋太郎に近づき、真一は屈託なく笑う。

こうしたところが真一の長所だと、彼につき従って応接室に足を踏み入れた伊織は舌を巻く。自分であればいくら慇懃《いんぎん》に振る舞ったとしても、相手には密《ひそ》やかな嫌悪感を気取られかねない。

「元気そうで何よりだ」

脚を組み、どっしりと長椅子に腰を下ろしていた晋太郎がぎろりと真一を睨《ね》めつけた。

「おまえも随分立派になったな、真一。わしの選んだ花嫁を拒んで、平民の娘と結婚するだと？」

「我々も平民ですから、十二分に釣り合いが取れていますよ」

まったく物怖じせず、真一がにこやかに答える。

「晋太郎様、お茶を」

「うむ」

晋太郎は伊織の差し出した茶を口に運び、顔をしかめた。

「熱いぞ、伊織。このような淹《い》れ方では、香りが飛んでしまうと言っただろうが」

「申し訳ありません。淹れ直します」

「ふん」

鼻を鳴らした晋太郎が茶碗を突っ返してきたので、伊織は苛々《いらいら》しつつも再度茶を淹れ始める。

これが茶の湯でなくてよかったと思う。

狭い空間では険悪になるのが目に見えていたからだ。

「失望したぞ。わしは英明から、おまえの先行きを託されておる。なのに……」

その英明の葬儀にも来ずに、半年近くも音沙汰《おとさた》がなかったくせに。

「お言葉ですが、伯父上。絵里さんは父が見初《みそ》めた女性です。私もお目にかかり、とても素晴らしい人だと確信しました。彼女との結婚を反対される謂《いわ》れはありません」

「おまえは若い。情熱のままに結婚したところで、将来の己にとって有益とは限らんぞ」

「有益だから結婚するのではありません」

こういうときに助け船を出してはいけないので、伊織はぐっと我慢していた。

「しかも平民など、これから社交界に出ていくのに苦労するに決まっておる。おまえの父親がさんざん苦労したのと、同じようにな」

まったく聞いていない。

生来頑迷なうえに、晋太郎は宮本グループにおける自分の地位を欲している。こうして真一の婚儀にまで口を挟もうとするあたりが、それを物語っている。

端的にいうと、伊織はこの晋太郎という人物が嫌いだ。

ろくな働きもしないで迷惑千万な差し出口だけしてくるのだから、不快なこと極まりない。

「それではどんな人物ならば、伯父様は了解してくださるんです?」

「人品卑しからぬ相手だな」

「絵里さんはまさしくそういう方ですよ」

真一はよほど絵里を気に入っているらしく、いつもであればもっと控えめな態度を見せるのに、今日に限っては退こうとしない。それがまた晋太郎の癇《かん》に障るらしく、彼の時代後れのカイゼル髭《ひげ》がぴくぴくと震えていた。

「では家族は？　教養も何もかも申し分のない相手でなくては、我々一族が恥を掻く」

細君が素晴らしい人物であれば問題がないはずだ。

晋太郎は何だかんだとこの結婚に難癖をつけ、若い真一に対して影響力があることを確認したいのだ。しかし、一度圧力に屈すれば、真一はこの先ずっと晋太郎の支配を受けることになる。

それだけは御免だった。

折角アメリカに行っていたのだから、もう戻ってこなければいいものを。彼が商売に失敗して借金取りに追われており、それゆえに葬儀にも顔を出せなかったという噂《うわさ》はあながち間違っていないのかもしれない。

傍迷惑《はためいわく》だが、それならこちらにも考えがあるというものだ。

「でしたら、お披露目をさせていただけませんか」

表向きの従順さを装い、伊織は控えめな調子でそう提案する。

「お披露目？」

晋太郎が伊織の発言を値踏みするかのように、すうっと目を細めた。

「ちょうど来週末に大塚《おおつか》家で夜会があります。その席で、絵里さんとその兄君を皆様に紹介しましょう。それでどうですか」

伊織の台詞《せりふ》に、晋太郎の顔が強張る。思ったとおり、晋太郎はそこで大塚家の令嬢である美津子《みつこ》と真一の婚約発表をするつもりだったのだろう。

「伊織、それは……」

さすがに狼狽《ろうばい》したように真一が口を挟んだものの、それを考慮する必要はない。

いずれにしても、どこかで千晶のお披露目をする羽目になるのだし、黙っていては晋太郎に主導権を握られてしまう。

幸い、絵里に関しては伊織との婚約が決まった時点で、社交ダンスは習うように手配している。茶の湯は女学校で授業があったとかで、最低限の作法は問題がないようだった。

だから、問題は千晶だ。

「よし、そこでダンスをしてもらおうか。口下手でも、それくらいできるだろう」

「かしこまりました」

「ただし、その絵里などという娘の同伴はだめだ。社交界に連れてきて、婚約を既成事実にされては敵《かな》わんからな」

「兄君だけでよろしいのですね？」

「うむ」

分厚い唇を歪《ゆが》め、晋太郎はにやりと笑った。

どうせ彼のことだから、絵里の出自を事細かに調べ上げているに違いない。そのうえで、兄の千晶は社交界に出れば恥を掻くような小者と見なしているのだろう。

何とも腹立たしいことだった。

伊織とて、賭博に手を染めていた千晶の前歴は許容しかねるが、その点を除けば彼の人格は評価に値するのではないかと考え直していた。社内での評判も上々で、まだ覚束ない点もあるものの、慣れてくると仕事の覚えが早いと社員たちも褒めていた。

真面目で努力家で、そしてひたむき。

これだけの長所が揃っていれば、伊織とて千晶の美点を認めないわけにはいかなかった。

晋太郎のような下衆《げす》な神経を持った男から、千晶を守らねばならない。

自分が彼を侮辱してしまったことを少しでも償うためにも。

それこそが、伊織に与えられた使命のようにも思えた。


チェスタトン、コナン・ドイル、ルブラン。

自由に使うことを許された真一の書斎には、魅惑的な書物が山のように収蔵されている。

千晶は時間ができるとここに入り浸り、貪《むさぼ》るように本を読んだ。

紅茶を持ち込んで至福のときを過ごしていた千晶の元へ、その晩に限って闖入者《ちんにゅうしゃ》が訪れた。

辞書を片手に原書で推理小説を読んでいた千晶を見つけ出し、伊織が挨拶《あいさつ》もなしに唐突に切り出してきたのだ。

「君に一つ、相談がある」

来客の真一の伯父とやらは、帰宅したようだ。

「……相談？」

珍しいこともあるものだ。

いつも千晶に対しては、上からの物言いばかりのくせに。

千晶は本に栞《しおり》を挟むと、よほど面倒なことを頼みたいのかもしれないと、無意識のうちに身構える。

「来週の土曜日、大塚家の夜会に出てほしい」

「夜会？　どうして僕が」

「その必要性があるからだ」

世慣れぬ千晶を晒《さら》し者にする気か？

伊織の提案に千晶は眉根を寄せ、「御免です」と一刀両断した。

「では、命令だ」

伊織は卑怯《ひきょう》なことだけはしないと信じていたのに、今更それを突き崩すような真似をするなんて。

衝撃に、千晶は殊更素気《すげ》なく相手の要求を却下した。

「僕とあなたには個人的には上下関係はないのですから、命令を聞く理由はありません。社用なら別ですが」

その言葉を耳にした伊織が、むっとしたような顔で千晶の腕を摑む。

「あっ！」

腕に力を込められ、千晶は凝然とする。先ほどとはまるで違う力強さだった。

痛い。

指が、肉に食い込むみたいだ。

「千晶」

唐突に名前を呼び捨てにされ、わけもなく心臓が震えた。

「言っておくが」

押し殺したような、声。こんなときでも彼の声はとても綺麗で、すっと耳に馴染む。

「君に言うことを聞かせるのはそう難しくはない」

腕に指が食い入り、額にうっすら汗が滲む。

「こんな細い腕、砕くのは簡単だとでも脅せばいいからな」

「腕くらいどうということありません」

強気に振る舞おうとしても、痛苦に声が掠《かす》れる。

「君はそう言うだろう。それに、私はできる限り君の意思を尊重したい」

「どうして」

反射的にそう尋ね返すと、刹那、伊織は戸惑ったような表情になる。

ぱっと手を放し、ややあって「さあな」と意味不明な返答をしてきた。

「は？」

常に理性的な伊織から、そんな投げ遣《や》りな答えを聞くなんて。

「いや……つまり、無理に他人に言うことを聞かせるのは私の本意ではない」

よく言う。

無理矢理背広を作りに連れ出したくせにと呆《あき》れかけたものの、千晶は反論せずに口を閉ざした。

あれは真一のためではなく千晶のためだったかもしれないと、思い直したからだ。

あまりにもみすぼらしい格好だと、恥を掻くのは真一も千晶も同じだ。しかし、より切実なのは千晶のほうだろう。それに伊織は、千晶が服を仕立てる金を借りたことについては、一度も言及しなかった。

千晶が何も言えなくなったのをどう解したのか、彼は一拍置いてから真面目な顔で続けた。

「晋太郎様は、本気で絵里さんと真一さんの結婚を邪魔しようとしている。君がこのまま二人が結婚できなくてもいいと思うのであれば、私はそれで構わない」

「脅すつもりですか⁉」

「現実的な判断をしているだけだ」

伊織の声は静やかだが、普段とは違う何かが含まれているようだ。

「第一、あなたは絵里と真一さんの結婚に反対なんでしょう」

「しかし、あの晋太郎様の言うことを聞くのも業腹だ」

伊織の声に籠《こも》った棘に、珍しいこともあるものだと千晶は驚きに打たれる。

「絶対に、嫌だ」

「………」

伊織は基本的に冷静で感情に動かされたりしない人物だが、熱いものも持ち合わせている。でなくては、真一に対する過剰ともいえる思い入れの説明がつかない。

まだ痛みが残る、腕。彼の中に滾《たぎ》る感情が透けるようだ。

常に冷静でいるように見える目前の男が、じつは心中でこれほどの熱情を抑え込んでいるのだという事実に、千晶はたじろぐ。

油断すれば、その熱に灼《や》かれてしまいそうで。

「僕が真一さんの義兄に相応しくなってもいいんですか？」

「ある程度は、やむを得ないだろうな。大塚汽船の馬鹿息子よりはマシだ」

千晶だって、伊織ならともかく、唐突に現れた晋太郎とやらに陥れられるのは御免だ。

「結構です。具体的に何をすればいいんですか？」

「社交界に出ても恥ずかしくないようにする——まずは立居振る舞いとダンスだろう」

信じられない。

この歳《とし》になってダンスだと？

「ダンス……」

「それが条件だ。シンガポールにいたんだ。それくらいできないか？」

「無理言わないでください」

「茶の湯も習ってもらいたいが、時間もないし、晋太郎様も得意ではないからな。初回はマナーとダンスで社交界に出して恥ずかしくないかを判断されるだろう」

立て板に水の如《ごと》き伊織の発言に、千晶はげんなりとした表情になる。

「幸い、君が外国にいたことは知られていないようだ。海外にいたら、ダンスくらいできても当然だと思われそうだからな」

そもそも格式とか家柄とかにこだわる相手が西洋かぶれというのもおかしいし、その判断基準が西洋の作法というのも矛盾していると思うが、今の混沌《こんとん》とした日本では仕方ないかもしれない。

いずれにしても、絵里の幸福のために一肌脱ぐほかないようだった。

翌日。

朝から撞球《どうきゅう》室の片づけをさせられたあと、千晶はそこで伊織から講義を受ける羽目になった。

「ダンスの基本はまずはステップだ」

「当面はワルツさえ踊れれば、何とかなる」

「ワルツ、ですか？」

「三拍子の音楽だ。慣れればそう難しいことはない」

彼はそう言いながら、「足を見て」と言って一人でステップを踏む。

最初は戸惑ったものの、すぐに彼がほぼ同じ動きを繰り返していることに気づいた。

要するにワルツの足の運び方は、比較的単純なようだ。あとは姿勢を正し、ターンを入れ、女性が優雅に見えるようにエスコートすればいいらしい。

船上でのダンスパーティで、まるで西洋の貴公子のように鮮やかに踊っていた伊織のことを思い出す。

息が止まりそうなほどに美しいその光景に、千晶は柄にもなく見惚《みと》れたものだ。

「どうした？　見惚れたのか？」

「ええ」

千晶がつい素直に答えてしまうと、彼はぎょっとしたような顔つきでこちらを見やった。

「なに？」

「あ、いえ、そうではなく……」

我ながら何を言っているのかと、千晶は誤魔化そうとした。

「よく転ばないな、と」

「自分で自分の足を踏むほど器用じゃない。手を貸せ」

そう言った伊織が、右手を差し出す。節々がすっと細くて長い、しなやかな指。男そのものの手だった。

「手を」

千晶が慌ててその手を重ねると、伊織が軽く握り返してくる。

……う。

伊織の体温を感じた瞬間、とくんと心臓が波打つ。千晶は己の手を引っ込めてしまわぬよう、自制しなくてはいけなかった。

まただ。このあいだから、やけに伊織を意識している。理由もわからないから、それがもぞもぞして気持ち悪い。

摑まれたときの跡はできなかったのに、まだ触れられた熱が絡みついているみたいで。

「変な顔して、緊張しているのか？　足くらい踏んでも構わないぞ」

千晶の硬さを解《ほぐ》そうとしているのか、伊織が冗談めかして告げる。

伊織を意識してしまっているのだとは、いくら何でも言えなかった。

「動きが早すぎてよく見えなかったんです」

「すまない」

素直に謝る伊織が無性におかしくて、漸く笑いが込み上げてくる。

「だが、そういうときはもっと早く……今度は何を笑ってるんだ」

「……いえ」

むっとしたように、伊織が眉根を寄せる。

「真面目にやるつもりがないのか？」

「やらないと何か問題が？」

つい憎まれ口を叩く千晶のことを、伊織は真っ直ぐに見つめてくる。

「問題に決まってる。私は一度始めたことを投げ出す趣味はない。たとえ君が嫌がろうと、とことんつき合ってもらう」

見ていろ、と言った伊織がすらりと背筋を伸ばし、再度ステップを踏む。

——すごい……。

一つ一つの動きが、完成されている。

相手などいないし、音楽すらない。なのに、あたかも本当に女性をエスコートしているかの如き、流麗なダンスだった。

「わかったか？」

伊織の声に現実に引き戻され、千晶ははっとする。

「え、あ、はいっ」

「どうした？　また、早すぎてステップが見えなかったか？」

「い、いえ、今度はちゃんと見えました……」

まさかまたも見惚れてしまったとは言いだしづらい。千晶は慌てて彼の真似をしようと動きだしたが、上手《うま》くいかなかった。

「あっ！」

よりによって何もないところで蹴躓《けつまず》き、千晶はがくんと伊織に向かって倒れ込む。

「危ない！」

慌てて手を伸ばした伊織が、千晶の華奢《きゃしゃ》な上体を受け止める。そのまま彼の胸に抱き留められる格好になり、緊張から躰《からだ》が止まってしまう。

伊織の匂いがする。

ごく、間近で。

上着の残り香なんてものの比ではなくて、これこそが伊織自身の匂いだった。

動けない。

どうしよう……。

なぜこんなに動揺しているのか、自分でもわからない。だからますます怖くなる。

千晶が呆然としていることに気づいたらしく、伊織がゆっくりと背中をさすってくれた。

「これくらいで怒るつもりはない」

静かな声だった。

千晶が失敗を怒られるのを怖がっていると、誤解したのだろう。

「わかってます」

伊織は、そこまで理不尽な人物じゃない。それくらい、千晶にはもうわかっている。

「それなら、どうしてこんなに震えてる？」

「どうしてって……」

あなたが触るからだ。

わけもなく心も躰も戦慄《わなな》いてしまうのは伊織が——ほかの誰でもなく伊織が自分に触れているからだ。そう言ってしまいたかった。

なのに、言ったら何かが変わりそうで。

伊織は意地悪だし言葉はいつも鋭いし、一緒にいて癒されるような人物とは言い難い。

でも、その裏にあるのは責任感の強さと優しさだ。

単に意地悪なだけなら嫌えるのに、そうじゃないから困る。

今だって、手を離してくれても構わない。突き放してもいいのに、伊織は何も言わずに千晶の躰を受け止めている。

「わかってたら、ちゃんと理由を言います」

抱き締められた躰が、もっと熱くなってきた……。

どうして彼は離してくれないんだろう。どうして離せと言えないんだろう。

千晶はそのまま、暫く動くことができなかった。


「はい、兄さん。これ、差し入れよ」

会社の前で待ち合わせた絵里がやわらかく笑いながら、手拭《てぬぐ》いのかかった小さな籠《かご》を差し出す。

「これは？」

受け取った籠は、ずしりと重かった。

「みかん。三浦《みうら》さんにたくさんもらったの」

その言葉に手拭いをちょっとずらすと、確かに黄色いみかんがたくさん入っている。

「どうせ酸っぱいんだろ？」

「あら、酸っぱいものは躰にいいのよ」

口許に手を当ててころころと笑う絵里は、至極機嫌がよさそうだ。心なし優雅な挙措になったと思うのは、兄のひいき目だけでなく、礼儀作法を習っている成果だろう。

「兄さんがダンスなんて、びっくりしちゃった。私も苦労しているのに……上手くいきそう？」

「まだわからないよ。僕、運動は苦手だし」

そうでなくともしょっちゅう伊織の足を踏むので、そのたびに彼が無言で顔をしかめる。伊織の足を痣《あざ》だらけにしてしまっているのではないかと不安なのに、見せてくれと言っても、頑《かたく》なに拒まれるのだ。

忙しいのに自分のダンスに毎夜つき合ってくれる伊織のほうが躰を壊すのではないかと、不安になってしまう。

「それに、踊ってくれる物好きがいるかどうか」

パートナーは真一たちがあたりをつけておいてくれるそうだが、断られたときが心配だ。

「そうよねえ。でもあんまり無理しなくていいのよ。私は平気だから」

「どうして？」

「どうしてって」

絵里が困り顔で首を傾げたそのとき、忙しない足音が聞こえてきた。

「絵里さん！」

転びそうになりつつ走ってきたのは、真一だった。

絵里が差し入れのために会社に寄ったのを、誰かから聞きつけたらしい。頬を紅潮させた真一は汗だくになっており、息を弾ませている。

「真一さん」

「僕には会ってくれないんですか？　水くさいじゃないですか」

「でも今日は、兄の陣中見舞で……」

頬を染めて告げる絵里は、贔屓目《ひいきめ》でなくとても可愛らしい。

恋をする二人の表情はやわらかくて、そして愛《いと》しいものだった。

先ほどの続きの言葉は、聞かされなくたってわかる。

一人ではないから平気だと、絵里は言いたいのだ。

彼らを見ていると、自分の心まであたたかくなる。

だからこそ、この二人のあいだに育《はぐく》まれた感情が他人に踏みにじられることだけは、絶対に許せなかった。

——筋はすこぶる悪い。

仕事中に、伊織は深々とため息をついた。

千晶はもともと運動は得意でないとかで、蓄音機の音楽に合わせて踊ろうとすると何度も伊織の足を踏みつけた。

一生懸命やろうとしているのはわかるのだが、努力すれば必ずしも上手くなるわけではないのが、持って生まれた能力の悲しいところだ。

己の目論見《もくろみ》が上手くいかなくては、真一は美津子と結婚させられてしまう。

それだけは、真一のためにも避けなくてはならなかった。

机を指先でこつこつと叩いていた伊織は、女性社員の視線に気づいてはっとそれを止《や》める。

「珍しいですね、室長。何か問題でも？」

しまった。

また、千晶のことを考えていた。おまけに書類の隅に、万年筆で「一、二、三、一、二、三」と書きつけていた。この書類は、新しく書き直さなくてはいけない。

「その……知り合いの子供に勉強を教えるよう頼まれているんだが、覚えが悪くて困っているところだ」

「室長が教えてるのに？」

「そうだ」

「うーん、だったら、飴《あめ》が足りないんじゃないですか？」

「飴?」

「ええ、ご褒美ですよ。飴と鞭《むち》っていうでしょう」

そういうものだろうか。

うっかり子供と形容してしまったことを知られたら、千晶に怒られそうだ。

机の前から立ち去った彼女の背中を目線で追いつつ、伊織は考え込む。

飴……飴……飴、か……。

そもそも、これは最終的には絵里と千晶のためになるのだし、飴と鞭でいうならダンスのレッスンそのものが飴ではないか。

しかし、慣れないことを強要される千晶にはつらいだけなのかもしれない。そうでなくとも仕事上では半人前、日々覚えることがありすぎるうえに、ダンスを叩き込まれ、ついでとばかり真一から茶の湯などまで指導されているのだ。

とはいえ、彼に相応しい飴というのも思いつかない。いったい何がいいのだろう。

これでも、千晶のことはずっと観察しているつもりだ。

笑うとえくぼができるところとか、歯並びが綺麗で、何かの拍子に真珠《しんじゅ》のような歯が零れるとか、はにかんだときに一度唇を噛む癖があるとか、新聞を読んだり真剣に考え込むときは息を止めていて、途中で慌てて呼吸を始めるとか……。

「…………」

我ながら千晶をよく観察しているのに気づき、伊織は書類を前に腕組みする。

彼を追い出すため監視するはずが、目につくのはその口実にすらならないものばかりだ。

思案しているうちに昼食の時間になり、伊織は周りの社員たちの視線に押されるように渋渋立ち上がった。上司である伊織が席を立たないと、彼らも休みづらいせいだ。

半ば上の空で会社を出た伊織の視界に、美味しいと評判の饅頭《まんじゅう》屋の看板が飛び込んでくる。

……あれだ！

伊織自身は甘党ではないものの、かつて英明《ひであき》が気に入って通っていた店だ。千晶は金鍔《きんつば》焼を食べたがっていたから、和菓子も好きなはずだ。

饅頭をいくつ買えばいいのかわからずに、伊織はとりあえず十個購入した。

手早く食事を済ませて会社に戻った伊織は、真っ直ぐに千晶の席に向かう。

千晶がいないうちに置いていこうと思ったのだが、彼は自分の席で昼食を摂ったようだ。

「御倉《みくら》君。──御倉君」

真剣な顔つきでそろばんを弾いていた千晶は二度目の呼びかけで、やっと気づいたように顔を上げた。

「はい、何か用ですか？」

「これを」

紙包みをずいと押しつけると、千晶は至極不思議そうな顔になった。

いったい何を持ってきたのだとでも言いたげな表情は、どこか無防備な色気がある。

「……饅頭？」

紙包みを開けた千晶の表情は、未だに訝しげだった。

「練習中、君は私の足を踏みすぎる。疲れているのだろう。集中したほうがいい」

一瞬彼は険しい顔をしたものの、すぐにふっと表情を和らげた。

「ありがとうございます。伊織さんも好きなんですか？」

「いや、私は甘いものはあまり」

「もしかして、試したことがないんですか？」

「ない」

「嫌いでないなら、半分こにしましょう」

千晶はにこりと笑い、有無を言わさずそれを半分に割った。

「いつも絵里と半分にしていたんです。懐かしいな」

よほど仲のいい兄妹だったのだろう。「どうぞ」と差し出す千晶の表情は穏やかだ。

「あれ、饅頭ですか？」

二人に声をかけたのは、休みから戻ってきた社員たちだった。

「これ、伊織……松下《まつした》さんからの差し入れです。たくさんあるし、皆で分けてもいいですか？」

「勿論《もちろん》」

確かに日持ちしないものを十個は多すぎたと、伊織は頷く。

「わ、ありがとうございます！」

口々に礼を言われると、伊織としても悪い気はしない。部下たちが旨《うま》そうに饅頭を食《は》むのを横目に、自分も千晶が寄越した半分を囓《かじ》ってみる。

……甘い。

甘ったるくて胸焼けするのではないかと思ったが、悪くはない。

「美味しい！」

はしゃいだ声を上げる千晶の鮮やかな表情に、伊織の口許もわずかに緩んだ。

英明はこれを好きだったのか。

そして、千晶も。

笑みを浮かべた千晶は、満足そうな顔で他の社員と話をしている。

今、自分に向けられた笑顔を反芻《はんすう》しているうちに、得も言われぬやわらかな気持ちが押し寄せてきた。

8

今宵の舞踏会の舞台となる洋館は灯《あか》りで彩られ、外国製の自動車が車寄せに連なって渋滞を起こしかけている。自家用車から降りた千晶《ちあき》は、外側からもそれとわかる屋敷の偉容に目を見開いた。

月は美しく、絢爛《けんらん》たる洋館を仄《ほの》かに照らし出している。

「いらっしゃいませ、宮本《みやもと》様、松下《まつした》様。――それからもうお一方もこちらへ」

案内の青年が千晶に値踏みするような視線を向けたものの、排除する様子はない。

家具の一つ一つが重厚で、真一《しんいち》の自宅にあるものにもひけを取らなかった。このご時世では規模の大きな夜会を個人の邸宅で開くのは難しいため、ホテルの宴会場を借りるのが普通なのだが、ここまでの大邸宅を所有するとは大塚《おおつか》家はよほど金持ちなのだろう。

この大塚家の令嬢との婚約を断り、真一は絵里を選んだのだ。

そう考えると、嬉しさと緊張に胃が変になりそうだ。

「あら、ご覧になって」

「宮本さんだわ。お連れは誰かしら?」

「あれは、例の……」

会場に入ると、令嬢やご婦人方のひそひそ声に取り巻かれる。千晶は背筋をぴんと伸ばしていたものの、内心ではやはりいたたまれなかった。

「楽にしているといい」

伊織《いおり》が身を屈《かが》め、いつになく優しく告げる。

「でも、パートナーをどうすればいいのか」

「真一さんの従姉《いとこ》が来ているはずだ」

伊織がシャンパンを手渡してくれたので、千晶はそれを受け取って一息に呷《あお》る。よく冷えた酒が喉《のど》を潤し、少しばかり気持ちが落ち着いたような気がした。

「君のいいところは、その妙な度胸のよさだ」

誉められているようには聞こえず、千晶はかたちのよい眉を上げた。

「妙って何ですか」

「そうやって、後先考えずに食ってかかるところだ」

微かに伊織が唇を綻ばせたので、千晶はつい彼のその表情に見入ってしまう。

普段は男らしく凛々《りり》しいからこそ、たまに見せる甘い表情が魅力的なのかもしれない。

「どうした?」

「あなたが優しいのって、なんだか恐いです」

「可愛げのないやつだな」

そう言いつつも、伊織は気を悪くしている様子はない。寧ろ楽しげに見えるのは、それなりに千晶に心を許してくれているためだろうか。

よくわからないけど、それも嫌じゃなかった。

そんな自分の気持ちの変化が、不思議だった。

真一はといえば、グラスを片手に礼装に身を包んだ中年の男性と話をしている。あれが、この大塚家の当主らしい。もっと緊張した雰囲気になりそうなのに、平然と会話ができるのは、真一の鷹揚《おうよう》さのなせるわざに違いない。

そんなことを考えている千晶のところへ真一たちが合流した。すると、すぐに中年の男性がせかせかとやって来た。

「今夜が披露目だな。逃げ出さなかったのは感心だ」

「こんばんは、晋太郎《しんたろう》様」

早口で捲し立てる晋太郎に、伊織が挨拶する。

「それが例の馬の骨か。見た目はそれらしいが」

「千晶さんは見た目だけの人ではありません」

先に反応したのは伊織で、反論できずに千晶は唇をぐっと噛《か》む。

「どうだかな。約束どおり、ダンスの腕を見せてもらおう」

晋太郎はやけに蔑《さげす》んだ顔つきになり、千晶を睨《ね》めつける。

「わかりました。ではパートナーに……」

真一は口を開きかけたものの、それを晋太郎は無造作に遮った。

「おっと、敦子《あつこ》さんへの指名はなしだ。それに、清澗寺《せいかんじ》家の鞠子《まりこ》さんは欠席だ」

「な」

真一は表情を曇らせ、伊織も渋い顔になる。

「相手から声をかけられる分には構わんが、あり得んだろう。やはり、相応しいパートナーに声をかけて承諾されなくてはな」

「仕方ないな。千晶君、自力で相手を見繕ってきてくれないか」

真一はすこぶる申し訳なさそうだ。

「え？」

「そういう才覚を見せることも社交界においては必要だ」

無遠慮に顔を近寄せ、伊織が囁《ささや》く。

耳に息が、かかった。

おかげで、耳朶《じだ》が熱を持ったようにかっと火照りだす。

「な、何するんですか⁉」

「静かに」

そうだ、冷静にならなくては。焦って失敗すれば、それこそ晋太郎の思うつぼだ。

「とにかく、パートナーを探すほかない」

「……はい」

千晶はぐるりと会場を見回すと、目についた三人の令嬢の元へ向かった。

そしてまずは、桃色のドレスを身につけた明るくおきゃんそうな少女に、「踊っていただけませんか」と頼んだ。十代と思《おぼ》しき令嬢なら、千晶に応じる闊達さがありそうな気がしたからだ。

「申し訳ないのですが、先約がありますの」

案に相違して断られて、千晶は見込み違いだったかと羞恥《しゅうち》に頰を染める。

恥を忍んで隣の女性に話しかけたものの、結果は同じだった。

結局その三名に断られ、千晶は仕方なく別の令嬢に声をかける。

その様子を、賓客《ひんきゃく》たちがしんと静まりかえって見つめている。声高に罵倒《ばとう》するものも、内緒話をするものもいない。だからこそ、その沈黙が妙に千晶の心に突き刺さった。

五人に次々と断られたところで、千晶はこの会場にいる女性たちは、誰も自分と踊るつもりがないことを悟った。

まるで、氷みたいな態度だ。

自分が部外者なのはわかっている。でも、最初から受け容れてもらえないのは、やはり悔しい。

嫌だ。このまま引き下がりたくない。馬鹿にされたまま、負けたくない。

気を取り直した千晶はパートナーを探してあたりを見回したが、もう誰も残ってはいない。

ついに立ち尽くした千晶の元に、ゆっくりと近づいてくるものがあった。

「踊っていただけませんか」

掌《てのひら》を下に向けて千晶に差し出されたのは、レディのような仕種と裏腹に紛れもなく男の手だ。

驚きと不審に、おずおずと顔を上げる。

目の前に佇み、千晶に手を差し延べているのは、ほかでもない、伊織だった。

「伊織さん……」

いったい何の冗談なのか。

「私にも女性のステップが踏めることは、実証済みだ。心配することはない」

「でも」

「――半分こにするんだろう」

半分こ、というやけに子供じみた言葉に千晶ははっとした。

「この勝負を受けたのは、ほかでもない私だ。責任は半分、私が負う」

有無を言わせない、美しくも力強い声だった。

「さあ、お手を」

「――喜んで」

緊張した面持ちの千晶が伸ばした手の上に、伊織が改めて自分のそれを載せる。

「行くぞ」

伊織が楽団のそばに立つ真一に向かって目配せすると、すかさず彼が指揮者に何事かを告げる。すぐに、耳に馴染んだ『美しく青きドナウ』の旋律が始まった。ほかに踊るものは、一組もいない。

「あっ……」

音楽に乗って一歩踏みだすと、驚くほどすんなり足が動いた。

信じられないくらいに、躰が軽い。

本来ならばダンスをリードするのは男性の仕事だが、伊織は女性のステップを踏みながらも、じつにさりげなく千晶を導いてくれる。

まるで、躰に羽が生えたみたいだ。

軽くなったのは、心も一緒だった。

こんなことをすれば、見世物になるのは伊織も同じだ。なのに彼は、なんら躊躇せずに女性役を引き受けてくれた。

千晶の受けるべき恥辱を、半分もらってくれたのだ。

もっと嫌なやつだと思っていた。酷い男だと思っていた。

なのに、いざとなるとこうして手を差し伸べてくれる。千晶を守ろうとしてくれる。

衆目を浴びて男同士で踊ること以上に、女性のステップを踏むほうが恥ずかしいはずだ。

笑いものになるのは、伊織のはずなのに。

「上手いな」

至近で、伊織が褒めてくれる。緊張を解すつもりなのだろうか。

「厳しい教師に鍛られてますから」

「それは結構。その調子で背筋を伸ばして、笑って」

「笑う？」

耳を疑う一言だった。

「そうだ」

ふ、と伊織が口許に笑みを浮かべ、同意を示した。

「折角だから楽しめ。こんなふうに男同士で踊れるのは、きっと一生に一度だ」

「伊織さんがいいなら、僕は何度でもつき合いますよ」

「光栄だな」

そんな軽口を叩く余裕が出てきたのも、相手が伊織だからだ。千晶が本番に強いたちだというのもあるが、あれほど何度も練習したのだから、伊織と踊るのは慣れている。

そうだ、今は何もかも忘れて楽しもう。

この胸の高鳴りも、なかったことにして。

なのに、そこで、ふっと音楽が掻き消えた。

「！」

中断されたことに驚いてちらりと視線を投げると、晋太郎が指揮者に食ってかかるところだった。

「大丈夫だ、やめるな。最後まで踊らないと、失敗したように見える」

「はい！」

脚がもつれそうになったが、踏みとどまる。音楽の続きは覚えているが、自信がない。不安を感じつつもステップを踏み続ける千晶の耳に届いたのは、誰かの拍手だった。

真一だ。
一、二、三、一、二、三……三拍子で手を叩いているのは最初は真一だけだったが、すぐに人数が増えていく。ホール全体を、三拍子の拍手が包み込む。
やがて、楽団が演奏を再開する。晋太郎は指揮者を摑まえて怒っているが、それをよそに弦楽と金管楽器が勝手に始めてしまったのだ。

「やはり美男同士が踊るととても絵になりますのね」

「本当ですわ」

音楽が戻ってきても、手拍子は最後までやまない。やがて千晶は最後のステップを踏んで動きを止めた。

荒く息をつきながら、千晶は呆然《ぼうぜん》とその場に立ち尽くす。

——終わった。

二人のダンスはどうだったんだろう。伊織は明日から、社交界でどう見られるのか。

なぜ皆、手拍子をやめないんだろう？

「素晴らしかったよ。上出来だ」

千晶の顔を見下ろした伊織は、優しく笑う。

「え……」

「この拍手が聞こえないのか？」

やっと気づいた。それが満場の喝采《かっさい》だと。

「嘘……」

信じられない。

そのうえ、握られたままの手が、熱い。踊っただけだというのに、尋常でないほど汗ばんでいる。

「嘘じゃない。大丈夫か？　顔が赤いぞ」

「え、あっ、はい！」

千晶は急いで彼から手を離し、「ありがとうございました」と深々と礼をした。

「礼には及ばない」

「どうしてですか？」

「君がダンスをするよう仕向けたのは、私だ。君にそれを全うさせる責務がある」

「責任……」

「そうだ。それに、君のことを誤解していたからな。謝罪もしたかった。――数々の無礼な仕打ち、本当にすまなかった」

ぼんやりする千晶を前に、彼も腰を折って頭を下げる。

「いいんです。僕も悪かったから、謝らないでください」

心など籠もっていないのに、口だけが勝手に動く。

「ありがとう、許してくれて」

ほっとした様子の伊織を見ていると、胸が苦しくなる。

単なる責任感。

それはわかっていたのだが、いざ音にして突きつけられるとひどく尖ったものに聞こえた。

そうじゃない。

責任だけじゃないと、言ってほしかった。

千晶自身のために、今の行動を選んだのだと。

だって、自分は——。

その答えに思い至った瞬間、かっと火が点《つ》いたように頬が熱くなった。

「どうしたんだ、ますます赤くなったが」

「い、い、いえ、何でも……何でもないですっ」

千晶はそう言って、怪しまれないように伊織から顔を背けた。

悪くない、とかそういうのではなくて。もっと肯定的な感情だ。

それを言語化するのが、なぜだか躊躇《ためら》われてしまうのだ。


夜会からどうやって戻ってきたのか、今ひとつ覚えていない。

真一は千晶と伊織のダンスにいたく感動したようで、車中でもそのことを延々と口にし続けていた。

おかげで妙に気恥ずかしく、伊織と千晶はかえって言葉少なだった。

寝台に潜り込むと、ふくらはぎが火照って足が怠《だる》い。

そのうえ一度気づいてしまうと伊織のことばかりが思い出され、興奮が神経をずきずきと突き刺して眠らせてはくれない。

「うー……」

千晶は蒲団《ふとん》の中で一度寝返りを打ち、二度打ち、三度打ち、足でごそごそと敷布をまさぐったものの、微熱を帯びた躰は元には戻らなかった。

まだ昂《たかぶ》っているのは、ダンスのせいだけじゃない。

自分の気持ちに、名前がついてしまいそうだからだ。

要は、伊織を好きみたいなのだ。

信じられなかった。

そんな甘ったるい感情が、自分の内側にあるなんて。

おまけに相手は、己があんなに反発していた伊織なのだ。そんな人物を好きになるなんて、ありえないはずだ。

恋愛など、人生においてはほんのわずかな意味しかないと捉《とら》えていた。

千晶にとって一番大切なのは、家族。その次が仕事だ。

それゆえに、絵里の抱く恋心を切実には理解できていなかった。

でも、今なら少しは彼女の思いもわかる気がした。

最初から、伊織を意識していた。

知れば知るほど嫌になるだろうと予想していたのに、伊織の長所はそれ以上に多く、嫌うことなんてできなかった。

初対面で完璧だと感じてしまったのは、もしかしたら、一目惚《ひとめぼ》れに近いのかもしれない。

そうでなくとも同性からある種の熱狂をぶつけられてきた千晶だけに、同性への恋はさほど違和感のあるものではなかった。

問題は、相手があの伊織ということだ。

「だめだ……」

脳が沸騰しそうだ。

そもそも、自分と伊織の相性は最悪だ。

伊織の態度はだいぶ軟化したものの、彼にとっての自分の存在はただの厄介者だろう。

つまり、彼を好きになっても何の意味もない。

なのに、伊織を好きになってしまったとすれば、我ながら馬鹿みたいだった。

——馬鹿そのものだった。


風呂から上がった伊織は浴衣《ゆかた》に着替え、ぼんやりと窓の外を眺めていた。

舞踏会は無事に終わり、千晶もその存在をさまざまな意味で社交界に知らしめただろう。

これで、伊織の役目はおしまいだ。

何気なく、自分の両手を見やる。

どうしても放っておけなくて、手を差し伸べてしまった。

緊張に躰を強張《こわば》らせていたものの、彼は最後まで気丈に踊りきった。音楽が止まってしまったときも、彼は自分を信じてくれたからこそ、難局を乗り切れた。

まだ腕の中に、彼の感触があるようだ。

軽くてしなやかな肢体だった。

練習中はあれほど彼に触れたのに、礼服を身につけて凛とした表情をした千晶は普段の何倍も美しく見えて、今なお伊織の心を掻き乱す。

終わらなければいいと、思った。あのままずっと、千晶に触れていたいと。これはどういう感情なのだろう？

「伊織」

背後から唐突に声をかけられ、伊織はどきりとして振り返る。そこには、やはり浴衣に着替えた真一が緊張を湛《たた》えた面持ちで佇《たたず》んでいた。

「真一さん、どうしましたか？」

「いや、今夜のことを礼を言おうと思って」

やけに神妙な表情だったので、伊織は眉を顰めた。

「礼とは？」

「千晶君を助けてくれて、ありがとう」

真一の言葉にすぐさま合点が行く。しかし、先ほどの夜会の一件であれば、取り立てて礼を言われるようなことではない。

「当然のことをしたまでです」

「当然？　どうしてそうなるんだ？」

「彼は将来のあなたの兄になるわけですし」

そうなれば、伊織は千晶のことを主家の一員に等しいものとして遇しなくてはならない。

「ということは、結婚を認めるのか？」

伊織は言葉に詰まった。

そのとおりだ。

千晶に対する敵愾心《てきがいしん》はあったものの、彼と接すれば接するほどに、それが薄れていった。

むしろ、今や彼が可愛いと思えてしまうときがある。

我ながら、恥ずかしいほどの方向転換ぶりだ。

「気に入ったんだろ？　伊織は昔から面食いだからなあ」

「面食い？　あなたのほうでしょう、それは」

「伊織ほどじゃないよ。おまえ、父上にだって決して頭が上がらなかったじゃないか」

確かに美しいものは好きだし、千晶の美貌が自分の心を捉えてやまないのもまた事実ではある――悔しいことに。

「私は単に、彼に対する己の評価が不当だったことを認めただけです。謝罪もいたしました」

「そうか、それだけでもよかったよ」

真一が人懐っこい笑みを浮かべる。

「どうして?」

「ん、僕はおまえも千晶君も両方好きだからね。折角だから仲良くしてほしいよ」

「考慮しておきます」

真一の世界はじつに単純だ。

好きか、嫌いか、明確なもので作られている。

自分は?

今となっては、千晶に対しては、少なくとも敵意はない。

それどころか。

「…………」

俄に湧き起こってきた感情に動揺し、伊織は思わず自分の口許を右手で押さえた。

「伊織?」

「いえ。疲れたので、そろそろ休みます」

「ん、ああ、ごめんごめん」

気が利かなかったな、と笑うあるじの後ろ姿を伊織は半ば無意識のうちに目で追ったが、脳裏に浮かぶのは別の青年の華奢な背中だった。

そんな馬鹿なことがあるものか。

だって千晶は同性で、そのうえ博打打《ばくち》ちで……それなのに。

あの男、自分にどんな術をかけたんだ。

彼の色香に惑わされたのか。それとも、好きだからこそ常に色っぽく見えたのか？

可愛いと思う。抱き締めたいと思う。守ってやりたいと、思う。

今日だって、千晶が謂われのない嘲笑《ちょうしょう》を浴びるのは我慢がならなかった。

何とか彼を守らなくてはいけないと思い、あんな大胆な救済策に出たのだ。

「…………」

くだらない。冷静にならなくては、だめだ。

仮に自分が千晶を好きだったとしても、さんざん酷い仕打ちをしてきたのだ。千晶が伊織を嫌っているのは自覚できていた。恋心に気づいた伊織がどんなに悔いても、犯した過ちは決して帳消しにはされない。今更、彼の心証が好転することなどあり得ないに決まっていた。

忘れるべきだ。

こんな感情は、なかったことにすべきだった。

9

翌日は、この時季にしては汗ばむほどの陽気だった。

いつもより三十分近く早起きし、小食堂で伊織《いおり》を待ち受けていた千晶《ちあき》は、ドアが開く音に弾かれたように立ち上がった。

「おはようございます」

「……おはよう」

疲れているのだろうか、伊織の声はやけに硬い。それとも、昨日は勢いで馬鹿なことをしてしまったと反省し、原因となった千晶に対してわだかまりがあるのかもしれない。

だとしたら、伝えておきたい。

昨晩、千晶は伊織に救われた。彼の勇気が、千晶の心には何よりも沁《し》みた。彼の行為が、千晶にとってどれほど喜ばしいものだったかを。

好意を気取られるのは御免だが、礼儀として心からの謝意は示したい。

「あの、伊織さん」

「何だ?」

「昨日はありがとうございました」

千晶が頭を下げると、彼は「顔を上げろ」と不機嫌そうに言った。

「特に何をしたわけでもない。互いに遺恨もないし、逆に礼も不要だ」

「………」

ぴしっと言われてしまうと、千晶はそれ以上口にできなくなってしまう。

端《はな》から嫌われているとわかっていたくせに、それでも、改めてそのことを自覚すると、せつなさが込み上げてくる。

できれば伊織には、多少なりとも好かれたい——嫌われるのではなくて。

この恋愛が成就する望みはこれっぽっちもないから。

そんなことは都合のいい願望だとわかっていても、でも……。

沈黙が立ち込め、何を口にすればいいのか千晶は完全に見失っていた。こんなことは、初めてだった。

「おはよう、二人とも。昨日はお疲れ様」

そこにやって来た真一《しんいち》は上機嫌で、二人の顔を交互に見やる。

「僕は出かけるけど、二人ともどうする?」

「外出?」

「折角の日曜日だ。絵里《えり》さんにお目にかかるんだ。昨日のことを心配しているだろうからね！　千晶君、僕が責任を持って報告してくるから、家で休んでいてくれ」

真一が浮かれるのも、当たり前だ。事情はどうあれ、一番の反対者であったはずの伊織が真一と絵里の味方をし、最終的には結婚へのお膳《ぜん》立てをしてくれたのだから。

伊織はむっつりとしていたが、自分でしたことだけに言い訳ができないに違いない。彼はなんら反論することなく、黙りこくっている。

その態度が妙に可愛く、微笑《ほほえ》ましく思える。

唇を綻ばせた千晶を目にし、伊織が微かに眉を顰《ひそ》めたものの、特に発言はなかった。

食事の途中だった伊織は、その場で真一を送り出し、朝食を再開する。

先ほどから伊織の態度が引っかかっていた千晶は、その場を立ち去りかねていた。

「千晶君、何か？」

珈琲《コーヒー》を飲んでいた伊織が、まだそこにいたのかとでも言わんばかりのまなざしで、千晶をじろりと睨めつける。

「あ……あの、よかったら今日のお昼、僕と食べませんか」

「昼食を？」

今、朝食中だろうがと言いたげな伊織の視線を難なく受け止め、千晶は満面の笑みを湛えた。

「はい。東屋《あずまや》で」

「…………」

彼がぴくりと表情を震わせた気がしたが、その理由までは千晶にはわからなかった。

「お昼は僕が作ります」

「君が？」

「ええ、待っていてください」

「――いいだろう」

千晶だって、賭《か》けポーカーと皿洗いばかりして暮らしていたわけではない。もう少し真っ当な稼ぎ方はできないのかと、自分なりにいろいろ試みた。

そのうちの一つとしてあるお屋敷で下男として雇われたこともあるのだが、イギリス人の主人に言い寄られて辞める羽目になったのだ。

けれどもそこで秘伝ともいうべきサンドウィッチの作り方だけは覚えてきた。千晶の口に合い、美味しいと思えた数少ないイギリス料理だ。

これで伊織を唸《うな》らせてやるつもりだった。

「意外な特技だな」

東屋はペンキを塗り直していたが、椅子もテーブルも昔のままなので、かなり年季が入って趣《おもむき》がある。

時間どおりに伊織が東屋に向かうと、千晶は庭を眺める位置に二つの椅子を並べ、テーブルクロスを敷き、料理を広げていた。

皿に載った数々の料理を目にした瞬間に呟いた伊織に対し、すぐ隣に座った千晶は「でしょう」と得意げな顔になった。

「どうぞ、座ってください」

「ああ。評価は味を見てからだ」

「自信はありますよ」

上海《シャンハイ》にいるあいだ、アフタヌーンティの機会が多く様々なサンドウィッチを口にしたのだが、千晶が作るものは色鮮やかで美しかった。

切り口から見える具材の色合いにも工夫をしているらしく、華やかだ。

「いただきます」

伊織が手を合わせてから一つ摘《つま》んで口に含むと、見た目同様味もなかなかのものだった。

「どうですか？」

「うん、旨いな」

まずいわけではない以上は、嘘をついてまで貶《おとし》めるわけにはいかない。正当な評価をしなくては、疲れているはずなのにわざわざ料理を作った千晶に申し訳なかった。

「よかった」

ふわりと千晶が微笑むのを目にして、胸が痛む。

まさしく異常事態だ。

「たくさん食べてください。これ、全部伊織さんの分ですから」

「私一人では食べきれないから、君も食べるといい」

伊織が皿を傾けて千晶に勧めると、彼は両手を振って拒んだ。

「いりません！」

「どうした？　何か変なものでも入ってるのか？」

怪訝な顔になった伊織が眉を顰めて問うと、千晶は「違うんです」と俯いた。

千晶の耳が赤い気がするが、ちょうど日陰になった東屋では、その微細な色彩の変化までは読み取れなかった。

「お腹《なか》いっぱいなんです」

「どうして？」

「ええと、その……たくさん失敗したから、それを……」

そこで「あ」と言って千晶は慌てて自分の口許を押さえたものの、後の祭だった。

「やっぱりそうなのか」

馬脚を現した千晶の迂闊《うかつ》さに、仄かな笑みが零れる。

「——騙《だま》した覚えはありませんけど」

「失敗しても怒らない。手料理はいつだって旨いものだ」

伊織の率直な言葉を耳にした千晶が、無言で目を瞠る。

「私がそんなことを言うなんて、意外か？」

「ええ、まあ」

隠しても無駄だと思ったのか、千晶が控えめに頷く。

その素直さが、今はひどく可愛かった。

「料理なんて、そういうものだ」

「そうですよね。食べてくれる相手のことを考えながら作る料理って、きっと美味しくなると思いますし」

「………………」

では、千晶は伊織のことを考えながらこの料理を作ったのだろうか。

そう思うと嬉しさから表情が緩み、伊織は急いで無表情を装った。そんな伊織の真意を探るように、千晶がじっとこちらを見つめている。

己の胸の内を忘れてしまおうと決めた昨日の今日でこんな言動をするとは、反則だ。

そんなに可愛いところを見せられると、髪を撫でてみたくなる。素直な態度を見てみたいと、甘やかしてしまいたくなる。

抜き差しならない泥沼に足を踏み入れてしまいそうだ。

だいたい、おかしいだろう？

自分にとって、恋愛対象となり得る存在がいるとは。性的な欲求を解消することはあるが、恋の鞘当《さやあ》てなんてそもそもが面倒で、関わるのも御免だった。

そのせいなのか、伊織は恋愛感情というものが希薄で、誰とつき合っても長続きせずに真一を心配させてきた。

なのに今、千晶には怖くなるくらいに自分の心が反応している。

触れてみたい、と。

常ならぬ己の情動に動揺し、黙ってしまう。そんな伊織を見ていた千晶が、いきなり吹き出した。

「なんだ？」

自分の心を読み取られたのではないかと、急に不安が押し寄せてきた。

しかし、それは杞憂《きゆう》にすぎなかったようだ。

「ううん。僕も前に、お饅頭につられたのを思い出したんです。お互い食べ物に弱いんですね」

思い出し笑い、か。見透かされたわけではないのかと、伊織はほっと胸を撫で下ろす。

「腹が減っては戦には勝てぬからな」

「本当です。それにしても、この東屋、風情があっていいですね。あまり使ってないんですか？」

千晶がころころと笑った。

「えっ？」

「昔はよく、使ったよ。そう思うと、淋しいな」

安心したせいか、滅多に口にしない弱音がぽろりと飛び出し、引っ込みがつかなくなった。

長い脚を組んで目を伏せた伊織は、渋々、言葉を続ける。

「あ、いや……前はよく、真一さんとここで食事をしたんだ。この先は、食事を共にするのは私ではなくなる」

そんなことを千晶に言ってしまったのは、わけもなく感傷的になっているからだ。

「僕も一緒ですよ」

「一緒？」

真一とのつき合いなど、たかだか数か月なのに、どこが淋しいというのか。

「絵里を誰かに渡すなんて、信じられないです」

「……そう、か。そうだな」

確かに、千晶は妹を嫁がせるのだ。

案外自分たちは、似たもの同士——置いていかれるもの同士なのかもしれない。

あれほど反発していたのも、一種の同族嫌悪と思えば納得がいく。

とはいえ、自分自身のことは当然ながら可愛いとは思えない。

千晶は特別だ。

可愛くてたまらなくて、ずっと見つめていて、その表情の変化をつぶさに追いたくなる。

触れて、抱き締めて、そのやわらかそうな唇の感触を確かめてみたくなる。

今も、ほんのわずかなきっかけで理性が吹き飛べば、伊織は千晶に触れていたかもしれない。

だが、それだけはできない。

この距離感が、一番居心地がいい。

今以上に嫌われるのは苦しいが、現状を維持できれば十分だ。

一度手に入れてしまえば、その先は千晶を失うことを恐れるようになる。

「…………」

突然、言葉を失った伊織を、千晶は不思議そうに凝視する。

……だめだ。いったい自分は、どうしたというのか。

失いたくないと思っているくせに、この手を伸ばしかけている。自らに課した禁を破り、千尋の頬に触れようとしている。だめだ。だめだ、なのに……。

「伊織さん！」

母屋から小走りでやってきた竹柴《たけしば》の声が、伊織の不躾《ぶしつけ》な試みを挫《くじ》いた。

はっとした伊織は急いでその手を引っ込め、何食わぬ顔を装って竹柴に問う。

「竹柴さん。お相伴《しょうばん》しますか？」

「そうじゃありません！　晋太郎《しんたろう》様がお見えになりました」

「真一さんは留守ですが」

先ほど、竹柴も見送りに出たはずだ。

「いえ、本日は、伊織さんに用事があるそうです」

「私に？」

自分を鬱陶しいと嫌っているくせに、どういう風の吹きまわしだろう。とはいえ、ここで一分でも一秒でも長く晋太郎を待たせれば、難癖をつけられるのは目に見えていた。

「残りはあとで食べるから、取っておいてくれ」

「……はい」

席を立った伊織が母屋へ急ぎがてら振り返ると、淋しげな顔をした千晶がぽつんと立ち尽くしていたので、罪悪感に胸が痛んだ。

しかし、わざわざ訪問した晋太郎を捨て置いてはのちのち面倒なことになる。

伊織は一度洗面所へ向かう。鏡に映った己の顔はだらしなく隙だらけだ。これではいけないと、緩やかに撫でつけたままだった髪を梳《と》かし、眼鏡を一度拭《ふ》いてかけ直す。

改めて上着を身につけ、伊織は優雅な足取りで居間へ向かった。

「遅い！」

晋太郎は客間で苛々しながら待っていたが、言葉とは裏腹にその表情は明るい。

「いかがなさいましたか」

「話がまとまったのだ、大塚《おおつか》さんと」

「そうでしたか。それはよかった」

晋太郎にも少しばかりは真一を思いやる心が残っていたのかと、伊織はほっとした。

「こうなった以上は、おまえがこの家の養子になれ、伊織」

「は？」

「そのうえで美津子《みつこ》さんと結婚すれば安泰だ」

一瞬伊織は呆気《あっけ》にとられて黙り込んだが、よく考えればそれは悪い条件ではなかった。何よりも、結婚に関しては晋太郎が真一にこれ以上の横車を押してこなくなるだろう。

それに、結婚すればこの気の迷いからも逃れられるかもしれない。

千晶を見るたびに湧き起こる、恋という名の奇妙な戸惑いからも。

伊織にとっては一石二鳥ではないか。

「……構いませんが」

微妙な肯定の返事を聞いた晋太郎のカイゼル髭が、ぴくりと動いた。

「嬉しくなさそうだな」

「諸手《もろて》を挙げて歓迎というわけにはいきません。それは晋太郎様も同じでしょう？　お互いに次善の策でしょうから」

それに、この思いから尻尾《しっぽ》を巻いて逃げていいのかと、自分でもまだ躊躇っている。

「違いない」

晋太郎はにやりと笑い、指先で髭を扱《しご》いた。

「だが、この話を進めていいな？」

頷こうとしたその瞬間、唐突に部屋の戸が大きく開け放たれる。

「だめです！」

驚きに振り返った伊織の視界に、息せき切る千晶の姿が飛び込んできた。

「千晶君、盗み聞きとは……」

「僕は嫌です、そんなの！　それじゃ伊織さんの意思はどうなるんですか⁉」

千晶は勢いよく声を上げ、伊織の言葉を遮る。

「またおまえか」

晋太郎が忌々しげに舌打ちをする。

「伊織は望んで結婚するんだ。私が強要したわけじゃない」

「次善の策って言ってたくせに？　真一さんがだめなら伊織さんって、先方のお嬢さんが可哀想です。お嬢さんの気持ちはどうなんです？」

はっとした。

千晶の言葉は正しい。そこに、美津子の幸せはあるのか。千晶への思いから逃れるために、他人を犠牲にするのは許されないはずだ。

「結婚のことで、これ以上この家の方を煩わせるのはやめてください」

伊織が考え込んでいるあいだに、千晶がとんでもないことを言いだした。

「なに？　どういう権利でそんなことを言うんだ？」

思いどおりにものごとが動かないことを最も嫌う晋太郎には、一番腹立たしい提言のはずだ。案の定、晋太郎はさも不機嫌そうに表情を強張らせており、こめかみには太い血管が浮き上がっている。

「ただでは約束できないのなら、勝負をしてください」

「勝負、だと？」

妙な話の展開に伊織は口を挟もうとしたものの、千晶は介入を許さなかった。

「ええ。僕が勝ったら、伊織さんの結婚はなしです。真一さんに対しても変な横槍《よこやり》はやめてください。勝負の内容は運動でも何でも、あなたの得意な分野で構いません」

「ほう……」

晋太郎は自分の人差し指と親指でカイゼル髭を摘み、値踏みするように目を眇《すが》めた。

「それだけの覚悟があると申すか」

「はい」

「いいだろう。ならば、ブリッジで勝負だ」

——ブリッジだと？

いわゆるコントラクトブリッジは西洋の上流階級の人々に人気のあるカードゲームで、伊織もまた社交上の必要性から上海で覚えた。高度な戦略を要する極めて中毒性が高い遊戯として知られており、晋太郎が嵌《はま》っていても不思議はない。

「異論はないな」

「ありません」

さも自信ありげな千晶の答えに、晋太郎が「よかろう」と満足げに告げる。

「私と大塚さんは昔はブリッジ仲間だった。おまえと伊織の二人と戦おう」

「望むところです」

「なかなかの自信だな。さぞや腕に覚えがあると見たが」

「見たことはありますが、経験はありません。ルールも知りません」

千晶の返答を聞いた晋太郎は、文字どおりに腹を抱えて笑いだした。

「これはいい、初心者が勝負するだと!?　まったく舐《な》められたものだ！　わしを馬鹿にしているのか！」

嘲りが多分に混じった哄笑《こうしょう》を浴びせられても、千晶は真摯《しんし》な表情を変えなかった。

「違います。覚悟のほどをお見せしたいだけです」

「だからといって、初心者にブリッジができるわけがないだろう。おかしいやつだ」

「だけど、勝ちます」

千晶はそれこそ一歩も退かない。

見事だ。その凛然たる態度に、伊織は思わず見惚れてしまう。

この気の強さだ。

初対面のときも、伊織の理不尽な攻撃に対して千晶は決して譲らなかった。過度の弁明もしなかったが卑屈さもなく、真実だけを訴えようとした。

だから、惹《ひ》かれたのだ。

「ほう」

カイゼル髭を再度指で摘み、晋太郎は不快そうな顔で頷いた。

「よかろう。勝負は一ヶ月後だ。そのときに伊織とおまえが負ければ、伊織は美津子さんと結婚する。もしおまえたちが勝てば、今後横槍はいっさい入れない。——よいな？」

「はい」

どうしてこんなに強気に振る舞えるのかと半ば感心していたものの、晋太郎が帰宅すると、千晶は俄におろおろし始めた。

「すみません、伊織さん」

居間に佇んでいた千晶は肩を落とし、見送りから戻った伊織に俯いたまま言った。

「嫌な予感がして、我慢できなかったんです。盗み聞きなんてしてしまって……」

千晶は間違ったことを言ったわけではないのだから、顔を上げればいい。勝負を受けたのはよけいだったが、その根底にあるのは伊織や真一を窮地から救いたいという願いだ。迷惑を被る部分もあれど、今更伊織とて文句を言うつもりはない。

そのうえそう俯かれては、抱き寄せてしまいたくなる。自分の体温が、無言の信頼が、彼を勇気づけることができるのではないかと思って。

しかし、それでは紳士失格だ。

「助かったよ」

本当ですかとでも言いたげに、千晶は顔を跳ね上げて伊織を見据える。

その、澄んだ目はどれほど魅力的なことか。

「我々が、望まぬ結婚を強いられないようにしてくれたんだろう？　ありがとう」

「………」

千晶の頰が薔薇《ばら》色に染まり、彼は感に堪《た》えぬ様子で無言のまま首を振った。

「ブリッジのルールは私が知っている。一ヶ月で何とか仕込んでみよう」

どのみち、ここで勝負を逃げ出せば晋太郎がまたしても差し出口をしてくるのは目に見えている。それを避けるためにも、一度叩きのめさなくてはいけなかった。

「早速今日から授業と行きたいところだが、その前に腹ごしらえだ」

「は？」

いきなりすぎる伊織の宣告に、千晶はかたちのよい眉を顰めた。

「君の作ってくれた昼食を、最後まで楽しんでいない。東屋へ戻ろう」

「はい！」

晴れ晴れとした千晶の笑顔が、たまらなく眩しい。彼にますます魅了されていることを自覚し、伊織は心中で何とも言えぬため息をついた。

10

ぱらぱらとカードをシャッフルする手つきは、我ながらさまになっているはずだ。

でも、それらしく見えるのはシャッフルをするときくらいのものだ。

シンガポール時代を経てすっかり千晶《ちあき》の手に馴染んだカードだったが、単身で戦うポーカーと、コンビプレイがものを言うブリッジではまったく仕組みが違う。

そもそもブリッジは、二人組になった相手との意思の疎通がものをいう遊びだ。

千晶が組む相手は伊織《いおり》なので、必然的に伊織と心を通わさなくてはいけない。

しかも困ったことに宮本《みやもと》家ではブリッジができるのは、伊織と真一《しんいち》だけだ。四人で遊ぶものなのに人数が足りないので、千晶の特訓には不自由な環境だった。

まずはルールだけでも頭に入れておけと言われたので、伊織が要点を書き取ってくれた手引きを読んで何とか覚えたのだが、それだけでは十分とはいえない。

「……疲れた」

ため息をついた千晶が露台に出て涼んでいると、「どうだ?」と背後から静かな声がかけられた。

「あ、いえ、あの……」

伊織が戻るまでに復習するよう言われたのに、疲れたせいでぼんやりしてしまった。

焦りから千晶が頬を火照《ほて》らせると、伊織はくすりと笑った。

「そう慌てなくとも、怒ったりしない」

「へ？」

「好きでもないことをやれと言うほうが、間違ってる。飽きても仕方がない」

露台の手摺《てす》りに寄りかかった伊織は、千晶を見ずに言った。

「君には、悪いことをしたと思っている。我々と晋太郎《しんたろう》様の確執に巻き込んでしまったからな」

あまりにも殊勝な物言いに、千晶は薄気味悪さすら感じてしまう。

「――何か悪いものでも食べましたか？」

「そうかもしれない」

特に否定もせずに伊織がおかしげに頷いたものだから、千晶は呆然とした。

いったい、伊織に何があったんだろう？

そもそも相談もせずにブリッジの勝負に持ち込んだのは千晶で、勝負を挑んだ理由だって、純粋に伊織と美津子のためとは言い難い。なのに、伊織はそのことを決して責めようとしない。

負けたら、伊織は結婚しなくてはいけないのに。

「あ、あの、ブリッジ、面白いですよ。もともとポーカーとかカード遊びは好きですし」

「面白い？」

「はい。今まで、カードゲームで誰かと組んだことがなかったんです。ポーカーって一人でやるものでしょう。だから、新鮮です」

ブリッジは相手との信頼関係が必須で、そこがこのゲームの醍醐味《だいごみ》ともいえた。

「そうか……」

どことなく伊織は上の空で、もしかしたら彼のほうこそ疲れているのかもしれないと、千晶は心配になってきた。仕事と家のこと、それに初心者へのブリッジの指導では、心が休まるいとまもないのだろう。

「疲れてますか？」

「いや」

端的に否定されると、話が続かない。

じゃあ、何で黙ってしまうんですか、そう問いたい衝動を千晶は何とか抑え込む。

相手の心を読むのがブリッジの妙味だが、それはゲームのうえでの話だ。

実生活において自分と伊織は友達でも何でもないのだから、彼の思いを読めない。こういうときに相談してもらえないのも当然だった。

それが、淋しい。

好きになってほしいなんて、言えない。言えるわけがない。伊織の今の態度が精いっぱいの譲歩なのだ。彼が自分のような輩《やから》を認めるのに、どれだけの努力を要したか想像がつくからだ。

たとえ一度きりの勝負のためでも、自分が彼のパートナーとして受け容《い》れられただけで、十分だ。

どのみちこの生活だって、絵里《えり》と真一の結婚話が決まれば自然に解消される。

自分らしいやり方とはいえないが、それが千晶の選んだ道だった。

「頑張ります‼」

「――千晶さん」

出し抜けに言い出した千晶に、伊織は目を瞠った。

「大丈夫です。絶対勝ちます。僕たちの手で、あの二人を幸せにしましょう！」

「……ええ」

伊織がどことなく釈然としない様子なのが気にかかったが、今はそれを追及している場合ではなかった。

「どうですか、真一さん」

「どうって大した上達ぶりだよ」

褒められた千晶は、誇らしさに頰を染める。

大学時代の友人を呼んでのブリッジの模擬戦は、なかなかだった。対した真一は、千晶の飲み込みのよさに感心したようだ。いよいよ翌々日が果たし合いの日だが、伊織に言わせると千晶はまずまず筋がいいらしい。

しかし、それも初心者にしては、という注釈がつくのだとか。

晋太郎と大塚《おおつか》のコンビネーションはもっと狡猾《こうかつ》だろうし、絶対に油断はできない。

「真一さんは寝ていてください。片づけますから」

「うん、お休み、二人とも」

連日会議ばかりだった真一は、金曜日の夜をブリッジで潰してすっかり眠いようだ。大きな欠伸《あくび》をすると、すぐに書斎を出ていってしまう。

「明日は英気を養うための休養日だな。ここは私が片づけておこう」

「え、僕がしますよ」

真一を見送って扉を閉めた千晶は、慌てて身を翻してテーブルに近寄った。

「いいんだ」

伊織がそう言ってカードに手を伸ばした瞬間、互いの指と指が触れ合う。

まるでびりっと電気が走ったような錯覚に、千晶は急いで手を引っ込めてしまう。

「あっ」

その急な仕種《しぐさ》のせいで、一旦《いったん》集めたはずのカードが一面に散らばった。

「すみません」

「いや、いいんだ。まったく、君はそそっかしいな」

馬鹿だ、意識しすぎるなんて。真っ赤になった千晶に鷹揚に告げた伊織は、床に落ちた分を拾い集めてくれる。

「全部あったか？」

テーブルの下から集められたカードを、千晶は急いで数えた。

「いえ、五十一枚です。ジョーカーはここに」

「一枚足りないか……」

再度伊織が身を屈めて探し始めたので、千晶も床に膝《ひざ》を突いてカードの行方を追う。

薄いカードだから、するっとソファの下にでも潜り込んでしまったのだろうか。

視線を巡らせた千晶は、植木の陰にカードが落ちているのに気づいた。

落ちていたカードは、ハートのAだった。

「ありました」

「助かった」

カードを手にした千晶が立ち上がると、それに続いた伊織が視線を向け、不意に破顔した。

「な、何？」

「埃《ほこり》が」

「ッ」

無造作に髪に触れられて、びくっとした千晶を伊織は不思議そうに見やる。

馬鹿。こんな反応、伊織を不審がらせるに決まっている。

でも、彼に見つめられると、どうすればいいのかわからなくなる。

カードを両手で持ったまま、千晶は機能を停止していた。

見つめ合ったまま動けなくなってしまった理由が、自分でもわからない。いや、わかる。

好きな人にこんな近くで見つめられたら、誰だって凍《い》てついてしまうものだ。

伊織から行動を起こしてくれればいいのに、彼は唇を微かに震わせただけで。

どうして伊織も動かないんだろう？

「…………」

微かに伊織が身じろぎしたことにほっとしたのも、束の間だった。

彼の手が、恭しく千晶の頬に触れてきたのだ。

——え？

ほんのわずかな接触のあと、そのまま顎《あご》を摑まれ、なすすべもなく引き寄せられる。

唇が重なった。

あ……。

これって……接吻《せっぷん》だ。

無論、初めての行為ではないけれど、ただ唇と唇がぶつけられるだけの行為に、心臓が口から飛び出しそうだ。

胸が震えすぎて、頭が痛くなる。

一度唇を離した伊織が、今度は微かに角度を変えてくちづけを続ける。

今度はもっと長かった。

気持ちいい……。

手に汗がじわっと滲む。

伊織に触れられてると思うと、幸せすぎて頭の芯がぼうっとなってくる。

嬉しくて、気持ちよくて、とろとろと蕩《とろ》けてしまいそうだ。

「ン……」

息が苦しくなって千晶が誘うように口を開いたところで、伊織の躰がぴくんと強張った。

「——すまない」

いきなりそう言った伊織は、千晶の肩を押す。

「え？」

「すまない、今のは……単なる弾みだ」

「弾み？」

真っ赤になった千晶の手からすっとカードを抜くと、伊織はテーブルの上にあったカードにハートのAを重ねた。

「あとは私が片づけておく。寝なさい」

「は、はい……」

夢見心地で書斎を出た千晶は後ろ手に戸を閉め、その場にへたへたと座り込んだ。

今の、何？　どういうことだ？

意味がよくわからない。

心臓がばくばく震えて、おかしくなりそうだ。

キスは好きな相手にするものだ。でも、伊織は自分を嫌いだから――嫌いな相手にするキスって、何だろう？

たとえば嫌がらせとか？

本当は伊織は美津子《みつこ》と結婚したくて、千晶とのコンビプレイに打撃を与えたかったとか。

でもそれならば、あのとき勝負をしようと言った千晶に頑《かたく》なに反対したはずだ。

もしかしたら、彼も自分のことを好きになったとか？

いや、ない。それは絶対にない。

初めて会ったときから、千晶はいつも自分らしく振る舞っていた。だからこそ伊織に嫌われたのだが、あれから自分の行いを変えてもないし、彼が軟化するとは到底解せない。

でも、嫌いな相手にキスなんてできるだろうか。千晶だったら絶対に嫌だ。だけど……。

もしかしたら、望みがないわけではないとか？

千晶は混乱し、くらくらする頭を両手で抱え込んだ。


……参った。

我ながら、何という失態を犯してしまったのか。

千晶を見ていたら、衝動に打ち克《か》てなかった。

あの魅惑的な唇を目にした途端、どうしても触れたくなってしまって。

要するに、千晶の色香に迷ってしまったのだ。

折角千晶とのコンビネーションがよくなってきたのに、これでは台無しだ。ブリッジも失敗に違いない。

そもそもブリッジとは、四人のプレイヤーに配った十三枚のカードの中から、それぞれ一枚ずつ出していくという単純な遊びだ。簡単にいえば四枚のうち一番強い数字を出した者が、そのプレイでは勝ちになる。勝負は配られたカードの分、すなわち十三回行われるので、チームを組んでいる相手と合計何勝できるかを競う。

その際、チームメイトが有利になるカードを出すことが必定だが、お互いにどんな手札を持っているかを事前に教えることはできない。

相手のカードは、勝負が始まる前に自分が何勝するかをあらかじめ述べる『オークション』で推測できる。

このオークションや場に出たカードで、相手の手の内を推理し、戦略を組み立てていく。そして、パートナーと協力しなくては勝利は得られない。

千晶は初心者にしては筋がよかったが、老獪《ろうかい》な晋太郎と大塚の二人に勝つには圧倒的に経験が足りない。経験を積ませたくとも、初心者だけにカード愛好者のいる倶楽部に連れていけないし、その時間もなかった。

だからこそ伊織が手取り足取り教えてきたのに、まさかキスをしてしまうとは。これでは、土壇場で信頼関係が崩れてしまったはずだ。

千晶はどう思ったのだろう。

彼ほどの美貌の持ち主ならば、同性から粉をかけられることもあったはずだ。自分のこともそのような下品な輩と同列に見なし、軽蔑《けいべつ》するに違いない。

怒らなかったのは、伊織の底が浅いと見限ったからに違いない。

そうでなくとも、自分は彼を牝狐だの詐欺師だの罵《ののし》ってしまった過去がある。

それも、こちらの一方的な誤解のせいで。

ついこのあいだ、同窓会でたまたま大池《おおいけ》と顔を合わせたときのことを伊織は思い出した。

かつてシンガポールで千晶に大金を巻き上げられた男だが、彼にそのときのことを覚えているかと持ちかけると、意外なことを告げた。

――千晶って……ああ、あの皿洗いの美人。惜しかったよなあ。

カフェーで珈琲を飲みつつ、大池は悔しげに言った。

「どういう意味だ？」

「いやあ、賭けをする前に、話をしたんだよ。あれほどの美人のくせに皿洗いだろ。金はいくらでも積むからあんたと寝たいって言ったら、怒らせてさ。それで酷《ひど》い目に遭わされたんだ」

大池は惜しかったなあ、ともう一度しみじみ首を振る。

「普段は旅行者にはふっかけないらしいが、とんでもない額の勝負をさせられてな。おまけに『躰を売るほど落ちぶれちゃいない、皿洗いのほうがよほどいい』って啖呵《たんか》を切られるわ負けるわで、シンガポールには二度と行きたいとは思わないね」

そういうことだったのかと伊織は納得したが、今更その話を蒸し返すと千晶との関係が悪くなりそうで、それもできなかった。

そもそも、千晶がこの分の悪い賭けにつき合うのも絵里のためだ。ここで伊織が婿《むこ》に行けば、絵里たちは一生負い目を感じるだろう。そうさせたくないという、彼なりの親心のようなものが働いているに違いなかった。

好かれたいというのはあまりにもおこがましいが、嫌われるのは御免被りたい。なのに、千晶との関係をこの手でぶち壊しにしかけたのは、ほかでもない伊織自身だった。

翌日、ブリッジの練習はないと伊織に言われ、千晶は心密かに安堵《あんど》していた。書斎で一人、本を読んでいると、扉をノックしてから顔を覗《のぞ》かせた真一はすこぶる意外そうな表情になった。

「あれ、今夜は読書かい？」

「はい」

「ブリッジは？」

「今日は……休み、です」

千晶は歯切れ悪く答える。

昨日の今日だ。伊織とは顔を何度合わせても妙に気まずく、ぎくしゃくして上手く振る舞えなかった。

「休み？　そうだね、あまり根を詰めても逆効果か」

「ええ」

「そんなに一生懸命本を読むのも、疲れてしまうんじゃないか？」

大好きな読書に集中できない千晶の異変に気づいていないのか、真一はのんびり問う。

「まさか伊織と喧嘩《けんか》をしたってことは、ないんだろう？」

「え⁉」

ぎょっとした千晶が声を上擦らせると、真一が「やっぱり」と一転して顔を曇らせた。

「や、やっぱり、って、な、何が、ですか⁉」

我ながらあからさまに動揺してしまったせいか、真一は肩を竦《すく》めた。

「何って、最近、やっと仲良くなったと安心してたら、今日はまた元に戻ってるだろう。いよいよ本番なのに、どうしたのかと思って」

「そ…れは……」

言えない。

昨晩、いきなり伊織にくちづけられたなどと。

あまつさえ、それがすごく嬉しくて、何度も何度も記憶の中で反芻しているなんて。

そこにあるのが好意と悪意のどちらなのかわからないから、自分に都合よく解釈してしまいそうで、何とか自分をいましめている状態だった。

「明日は大丈夫なのか？」

「平気です！」

ここで負けたら、洒落《しゃれ》にならない。あの男が、不本意にも他人のものになってしまうのだ。それだけは、何があっても許せなかった。

「それならいいんだけど……」

曖昧《あいまい》に言葉を濁した真一は、肩を竦める。

「いずれにしても、伯父《おじ》さんが迷惑をかけてすまないね。伊織は昔から、あの人と仲が悪いんだ」

「どうしてですか？」

「たぶん、伯父さんが僕の父を嫌いだったからだと思う」

意味がわからずに、千晶は微かに首を傾げた。

「伊織は僕の父が好きだったんだ」

「え？」

千晶が表情を曇らせたので、真一は「そうじゃなくて」と陽気に手を振った。

「いや、勿論変な意味じゃなくて。実の父親のように尊敬していたっていうのかな」

知られざる伊織の過去を知らされ、千晶は思わず黙り込む。

「伊織が必要以上に僕のことを大事にしてくれるのも、父への恩義があるからだろうしね」

真一はどこか淋しげに呟き、書斎に置かれた古々しい机を愛《いと》おしげに撫でた。

「千晶君は少し父に似てる気がする」

「僕が？　顔ですか？」

「顔っていうより雰囲気だな。あと、普段は穏やかなくせに、頭に血がのぼると結構怖いところとか」

真一はすこぶる機嫌がよく、何度も頷いている。

「僕が君にすぐ心を許したのも、そのせいかもしれないな」

「そうでしたか」

もう、何だっていい。伊織が自分のことを少しでも意識して、気にかけてくれるのならば。ただの詐欺師として蛇蝎《だかつ》のように嫌われるよりは、ずっとましだ。

伊織の思いが、欲しい。感情が欲しい。ほんの少しでいいから。

「伊織は完璧だろ？　いい男だし仕事はできるし、紳士的だ」

「……ええ」

欠点はいくつかあると思うが、それらは取るに足らないものばかりだ。

理論的な物言いは冷たく手厳しいが、いざというときはとても優しい。舞踏会のときのように身を挺《てい》して千晶を守ってくれる、強さもある。

「でも時々、彼を見ていると、無性に辛《つら》くなるんだ。伊織は僕のためにああなったからね」

「真一さんのため？」

「つまりは父への恩返しをするためにだよ。完璧な人間でないと、伊織みたいな立場の人間はいろいろ誹謗《ひぼう》中傷される。それに、完璧な従者を手許に置いておけば、僕自身の評判も上がるって考えたんだ。きっと、そのせいで無理をさせてしまったと思うんだ」

真一が、羨ましい。あの伊織からそこまでの愛情を注がれ、大切にされている彼が。

千晶には決して向けられないものを、惜しみなく与えられる彼が。

項垂《うなだ》れ、黙り込んでしまった千晶に、真一は穏やかな口調で続けた。

「僕は君が羨ましいんだ、千晶君」

「どうして……？」

考えていたのと真逆のことを言われ、千晶は大きく目を見開く。

「伊織は僕には弱みを見せたり、怒ったり、喜んだり……そういう感情をあまり見せないからね。伊織が心を許しているのは、君なんだ」

「許されてなんていませんよ」

「君に自覚がないだけだよ。君を相手にむきになったり、からかったりするのは、伊織の素の部分が出てるだけだ。本当の伊織は落ち着いてるばかりじゃない。でも、君の前だと気を許してしまうんだろうな」

羨望《せんぼう》されるべき相手からそう言われて、ひどく嬉しかった。

「僕の前では滅多にそんなところを見せなくなってしまったけど、これからも君には見せるのかもしれないな」

だけどそれも、彼が結婚すればおしまいだ。

他人のものになった伊織を、千晶は平常心で見ていられるわけがない。そのときこそ諦《あきら》めるのが筋というものだ。

しかし、諦める前にやることがある。

何も言わずにあの男の前から立ち去るなんて、冗談じゃない。

一度くらい、勝負に出てやる。己の思いを告げたって罰は当たらないはずだ。

姿を消すのは、そのあとでもいいだろう。

そうでなければ、千晶だって気が済まない。

だから、何があっても結婚は阻止しなくてはいけない。

明日のブリッジでは負けるわけにはいかなかった。

11

勝負の日は、快晴だった。

——敵地に二人きりで乗り込むなんて、平気なのか？

真一《しんいち》にはさんざん心配されたものの、彼がいるとかえって面倒なので、伊織《いおり》はあるじを連れていかないと決めていた。

最良なのは勝ってすっきりと終わることだが、それができるかどうか。

いくら千晶《ちあき》が腕を上げたとはいえ、勝率は五割に満たない。社交界でブリッジに慣れているあの二人に太刀打《たちう》ちするには、到底心許ない数字だった。

「……あの」

自家用車の後部座席に並んで座っていた千晶が、思い詰めたような声を出した。

「何か？」

そういえば、彼とまともに会話をするのは久しぶりな気がする。無理矢理接吻をした負い目から、伊織は千晶をまともに見られなくなっていた。

あのときから千晶の様子がおかしいのは知っていたが、理由は言うまでもなく伊織のせいだろう。嫌いな男からキスをされて、不快にならぬわけがない。

「今日、勝ってほしいですか？」

自分たちが勝てば、晋太郎《しんたろう》の横槍を止められる。それはすなわち、結婚しなくてもいいということだ。

「君はどうなんだ？」

「僕の意思は関係ありません。伊織さんがどう思うかです」

そんなわけがないと何度も否定したけれども、己の思いに抗《あらが》うことはできない。

伊織は美津子《みつこ》には絶対に抱けない感情を、千晶に対して持っている。

結婚してしまえば、千晶との関係は友情で終わってしまう。たとえ愛のない婚姻だったとしても、既婚者に思いを寄せられるというのは、千晶にとっては許し難いことだろう。

そうなれば、同性同士というだけでなく、障害はいっそう大きくなる。

千晶との出会いは、伊織にとって人生最大の誤算だった。

本来ならば美津子と結婚することが、一番よかった。自分のためにも真一のためにも、会社のためにも最善の選択だ。

なのに、それができない。

理知的で理性的、真一に仕える完璧な男であろうとしてきた自分の規範が狂わされ、千晶のことばかり考えてしまいそうになる。

恋心というのは、こんなにも厄介でどうしようもないものなのか。

「――勝ちたい」

それが伊織の本心だった。

「じゃあ、勝ちましょう」

強く凜とした声は、いつもの千晶のものに戻っている。

「簡単に言うんだな」

安請け合いに、伊織は吹き出しそうになる。たった五割の勝算しかないくせに、どうしてそんなふうに自信を持てるのか。

千晶は一瞬躊躇《ちゅうちょ》してから、決然と口を開いた。

「僕も勝ちたいです。あなたを絶対に、結婚させたくない」

伊織はその言葉に引っかかりを覚えたが、千晶は真剣そのもので、かえってその理由を問い質《ただ》すことはできそうにない。

「だが……」

「弱気になっちゃだめです、伊織さん。僕だって、元勝負師です。絶対負けない。それに、勝ったらあなたに言いたいことがあるんです」

「勝たないと言えないのか？」

「はい。だから、それを伝えるためにも絶対に勝ちます」

いったいどんな恐ろしいことを言われるのだろうと、伊織はひやりとした。

これまでさんざん千晶を詰《なじ》った伊織への逆襲か、意趣返しか、訣別《けつべつ》宣言か。

そのどれもがあり得る話だ。

けれども、伊織はその感情を隠して微笑した。

「わかったよ。大船に乗ったつもりでいよう」

「任せてください」

——だとしたら、信じようではないか。

千晶の気持ちを。

千晶がにこやかに笑うのを見ると、立ち込める負の感情が霧のように晴れていく。ごちゃごちゃよけいなことを考えるのはやめて、勝負に集中しようと覚悟が決まった。

いつもいつも、千晶は伊織の予想外のことをしてのける。そうなると、次に千晶が何をするのか見ていたくなるのだ。

「何ですか、笑ってますけど?」

「いや、頼もしいパートナーだと思ったんだ」

「そうは思えませんけど」

千晶が微かに唇を尖らせる様さえも可愛らしくて、伊織もまた目を細めた。

黒塗りの自家用車は間もなく大塚《おおつか》邸に到着し、二人は大塚と晋太郎に揃って歓迎される羽目になった。

「ようこそ、二人とも」

「尻尾を巻いて逃げ出さなかっただけ感心だな」

当主の大塚と晋太郎の態度はそんな敵意を含んだものだったが、伊織の気持ちは落ち着いていた。

「勝つと思って持ちかけた勝負ですから」

「な」

華やかな笑みさえ浮かべて言ってのけた千晶の度胸に、伊織は心中でほとほと感心した。

つい一ヶ月前まではずぶの素人《しろうと》だったくせに、この自信はいったいどこから来るのだろうか。

案の定、挑発された晋太郎は顔を真っ赤にさせており、カイゼル髭がぴくぴくと震えていた。

勝負の舞台は、大塚家のサンルームだった。

陽射しが燦々《さんさん》と注ぐ中、ブリッジのための正方形のテーブルと椅子が並べられている。

そこに、パートナー同士が向かい合うように腰を下ろした。

「では、始めよう」

晋太郎の声に、千晶は頷く。

己のカードを確認した競技者は、十三回のうち自分が何回勝てるか、そしてどのカードを切り札にするかを『ビッド』する。これは一種の競《せ》りで、乱暴にまとめると、他の三名がパスするまで吊り上げる。最後にビッドしたものがいわゆる『親』になり、ゲームを主導するのだ。

「ワン・ハート」

千晶がそう口にすると、伊織がちらりとこちらを見た。

「ノートランプ」

大塚は特に切り札が必要ないという意思表示をしたが、千晶は落ち着いて伊織の言葉を待った。

「ツー・ハート」

「パス」

伊織の手札はハートが多く、絵札を持っている。だから、オークションでもかなり強気で競り上げている——そんなところか。ならば、今回は伊織に委《ゆだ》ねよう。

彼の美しい低音が、まるで己の心に直《じか》に注がれているみたいだ。

軽やかに踊れたあの夜会のときと、同じ感覚だ。

勝負が始まると、千晶の集中力はいっそう増した。

やはり、千晶の思ったとおりだった。

ダンスのときと同じだ。この人は自分にとって、最良のパートナーなのかもしれない。

「むむう……」

こうして、一回戦は千晶たちの勝利。

二回戦は負けてしまったが、三回戦は冷静に勝ちを決めた。

晋太郎たちは驕《おご》りや慣れがあったのだろう。焦るほどに千晶たちの手を読み間違え、色を失って自滅していった。

半日をかけた勝負の結果は、伊織と千晶の圧勝だった。

まさに完膚無きまでに叩きのめしたので、晋太郎はまさに紙のような顔色だった。椅子の手摺りを握る手指さえも、血の気がない。

「これで、僕が社交界でもそれなりに振る舞えることをご理解いただけたはずです」

千晶が宣告すると、晋太郎は「く……」と悔しげに唸《うな》る。

「勿論、僕はただの親族ですから好んで人前に出るつもりはありません。でも、絵里《えり》は真一さんの妻に相応しいと信じています。彼らは互いを幸せにできるはずです」

そうでなければ、千晶も伊織もこんなに必死になるはずがないのだ。

「では、本日はありがとうございました」

千晶は頭を下げると、伊織に「行きましょう」と促す。

「今夜は祝杯だな」

玄関を出ながら、言葉と裏腹に硬い面持ちで伊織が言ったので、千晶は「ええ」と笑った。

だが、千晶の勝負はこれからだ。

吉と出るか凶と出るかはわからないものの、これで伊織に気持ちを打ち明ける権利を得たはずだ。

たとえそれがどんな結果になったとしても、何も言わずに終わるよりはいい。

千晶にとって最大の勝負で負けたとしても、構わなかった。


「千晶君？」

——ここにもいないか……。

帰宅した伊織が勝負の結果を報告すると、真一は我がことのように喜んでくれた。祝杯を上げようというのも断り、伊織は食後に姿を消した千晶を探していた。

話があるのなら、できるだけ今日のうちに聞いてしまいたい。そしてさっさとけりをつけて、この不安定な気持ちからおさらばしたかったからだ。

いや、さばさばしているのは体裁を繕っているだけで、本当は素直に勝利を喜べなかった。

折角千晶が勝ってくれたのに、自分はつくづく未練がましい男だ。

千晶はバルコニーに頬杖《ほおづえ》を突き、黒々とした庭木が生い茂る光景をぼんやりと眺めていた。

「ここにいたのか」

「あ、伊織さん！」

弾かれたように千晶は振り返り、そして気まずそうな様子で視線を落とした。

「話があるんだろう？　まだ聞いていていない」

「はい」

我ながら自虐的だ。千晶に詰られ、罵られるために彼を探しに来るなんて。どうせこの思いが通じないなら引導を渡してほしい、そう思っているのだ。

「勝ったの、不満でしたか？」

「いや、どうして」

「食事のとき、殆どしゃべらなかった。どちらかといえば、嬉しくなさそうでした」

このあと千晶に何を言われるのかが心配で、食事が喉を通らなかったとは言えない。そんな女々《めめ》しいことは白状できなかった。

「――結婚、したかったんですか？」

押し殺したような声で、千晶が問う。どうして今日に限って彼が真っ直ぐに自分を見つめないのか、それが伊織には不思議だった。

「まさか！」

「本当に？」

「嘘をついてどうするんだ。結婚したければ、勝負なんてしない」

「よかった。僕、あなたにこんな結婚だけはしてほしくなかったんです」

漸《ようや》く顔を上げた千晶はほっとしたように笑い、自分の胸のあたりをそっと撫でる。

綺麗だ。

月明かりに照らされた千晶の顔は、まるで彫像のように魅力的だった。

彼は不意に表情を引き締め、魅惑的な煌《きらめ》きを放つ目でしっかりと伊織を見据えた。

「絵里たちが結婚したらもう言う機会もないし、今のうちに自分の気持ちを伝えておこうと思って」

「なぜ？」

「あなたが絵里の幸せを邪魔しないってわかれば、僕はもうここに留《とど》まる必要がないでしょう。会社にいる理由もなくなります」

千晶が、いなくなる。それは当然の帰結だった。

「それはそうだが、君の気持ちというのは？」

「それは……」

自分を見つめる千晶の頬が、月華に照らされてそれとわかるほどに赤い。

「きちんと言わなくてはわかりませんか？」

「当然だ。肝心のことが抜けている」

「意外と鈍いんですね」

深々とため息をつく千晶に、伊織はますます意味がわからなくなった。

「僕はずっと、あなたは人の話を全然聞いてくれないって思ってました。それが一番の欠点だって」

「そんなことは」

「ないとは言えないでしょう？　でも、今の僕も同じことをするところだった。――怖いから。話を聞いて相手の本心を知りたくないから」

千晶の声に、つい聞き惚れてしまう。

「このままじゃ嫌だから、きちんと言います」

「何を？」

そこで千晶は顔を上げ、伊織を見据えた。

「僕は、あなたのことが好きなんです」

あまりの衝撃に、言葉が喉につっかえたように出てこない。

この男は何を言っているんだ？

「この先、僕はもう真一さんとは関わりは持ちません。絵里とも縁を切ります」

「どうして」

掠れた声が、漏れた。

「好きな人に嫌われるのは一番、辛い」

今、千晶は自分を好きと言ったのか。

つまり、これまでの辛い仕打ちの数々を帳消しにして、友人として認めてくれるというのか。願ってもいないことだが、手放しで嬉しいとは言い切れない。自分の心の中にのたうつ感情が、単なる友情ではないからだ。

「嫌っているわけでは……」

むしろ、好きとさえいえる。

理解し難い言葉の連続に、極めて歯切れの悪い表現しか出てこない。

「どうしてあの日、僕にキスをしたんですか？」

気の迷いだ、とは言えなかった。

「僕を動揺させるための嫌がらせかと思ったら、わけがわからなくなった。あなたはもしかして、負けたいのかなって考えたんです。負けて結婚したいのかもって」

「何を言ってるんだ」

このままでは千晶が妙な結論に達しそうで、伊織は慌てて言葉を差し挟んだ。

「うん、そんなわけないですよね。僕が知っている伊織さんは、不器用だけど卑怯なことはしないから、そんな遠回しなことはしない。それなら、逆に少しでも僕のことを好きなのかもしれないって思いました。だから、勝ったら聞くつもりだったんです。どうして勝ちたいと思ったのか。聞かなければ、何も始まらないでしょう?」

この男は、とんでもない勝負師だ。

一か八かの大勝負をやってのける。その大胆さは、伊織には敵わない。

「そんな単純なこともわからないのか」

強気に言ったのは、悔し紛れだ。負けっ放しが、我ながら情けないせいだ。要するに、伊織なりのささやかな意地だ。

「好きな人がいるからだ。だから、気持ちのない相手とは結婚できない。それを避けるためにも、どうしても勝たなくてはいけなかったんだ」

伊織は眼鏡越しに、千晶を見下ろした。

見つめるたびに思っていた。

どうしてこんなに美しい瞳をしているのかと。触れずにはいられない膚をしているのかと。

「好きな人って?」

「君のことだ」

「嘘……」

千晶はあまりのことに目を瞠り、まばたきもせずに伊織を凝視している。

「嘘って、勝算もなく告白したのか？」

「四・六くらいで、だめかと思って」

——それでも、逃げなかったのか。

自分はあれ以上嫌われるのが怖くて、何も言えずに逃げようとしていた。千晶の本心を聞こうともしなかった。

いざとなるとこうして勝負に出られる千晶の度胸のよさは、伊織には持ち得ぬ素晴らしい資質だった。

「初めて、怖いと思ったんです」

千晶がぽつりと告げる。

「怖い？」

「今まで誰に嫌われるのも平気だった。向こうで一人ぼっちになっても、怖くなんてなかった。なのに、あなたに嫌われたらって考えるのが、一番怖かった」

もう、我慢できない。

「私もだ」

伊織は手を伸ばすと、その躰を抱き寄せる。

「あっ」

驚いたように声を上げたものの、千晶は抗わずに身を任せてくる。胸に顔を埋《うず》めた千晶の躰が硬く強張ってるのに気づき、伊織の唇は綻んだ。

「キスしても、いいか?」

「こ…こういうときは聞かずにするものです」

「相手の気持ちを聞いたほうがいいんだろう?」

揚げ足を取ると、千晶は「……してください」と顔を俯けたまま、ねだった。

「いいのか?」

「二度は言いません」

だとしたら、もう迷う理由がない。

身を屈めた伊織は、千晶の顎を持ち上げて上を向かせ、その唇を自分の唇で塞《ふさ》ぐ。重ねるだけの幼いキスでは終わらずに、舌で彼の上唇を舐《な》める。くすぐったそうに緩んだ唇の狭間《はざま》から舌を差し入れ、あの真珠のような歯を舌先で叩くと、千晶が薄く歯列を開いてきた。

口腔に舌を入れると、彼がびくっと震えるのがわかった。

それをものともせずに、あたたかな口内を舌先でぐるりと掻き混ぜる。

「ン……」

接吻に免疫がないのか、千晶の躰からはもう力が抜けきっていた。

可愛い。本当に……可愛くてたまらない。

今や、それを素直に認められる。千晶がとても可愛いと。

舌先で彼の歯茎《はぐき》や唇を辿《たど》っても、震えるばかりの千晶は伊織の言いなりだった。

「んんー……」

もっとキスをしたい。もっと。もっと。

貪るような接吻に、千晶の膝ががくんと崩れる。

いけない。こんなに弱くて可愛いところを見せられたら、これまで無意識のうちに抑え込んでいた欲望が暴走しかねない。

「私を好きか？」

伊織は低い声で問うた。

「何度も、言わせないでください」

「だったら、すぐにでも君が欲しい」

「え……」

一拍置いてその言葉の意味を理解したらしく、千晶は耳まで朱に染めた。

「だめか？」

「だから……言わせないで……」

囁いた千晶は、両腕を回して伊織の首にしがみついてきた。

纏《もつ》れ込むように伊織の寝室に連れていかれて、千晶は抵抗などできなかった。無論、抗うつもりなどなかったのだが、展開が早すぎてついていけない。

寝室のつくりは自分の部屋と変わらないのだなとか、家具や何かは簡素なものが好きなのだなとか、そういう感慨すら湧くいとまがなかった。

「あの、お風呂……」

「帰ってきて一度入ったろう」

気が変わると思っているのか、伊織はやけに強引だった。

「そうですけど」

眼鏡を外してサイドボードに置いた伊織は千晶の上着を脱がせ、ベストを剝《は》ぎ取る。カラーとシャツを一度に奪われて、千晶は羞《は》じらいに身を捩《よじ》った。

「嫌だ……」

「何が」

伊織がむっとしたように眉を顰める。

「恥ずかしいです、こんなの」

千晶の台詞に、彼はすぐさま不機嫌さを搔き消した。

「君は綺麗だ。もっと見せてほしい」

「眼鏡がなくて、見えるんですか」

羞恥《しゅうち》から憎まれ口を叩く千晶に、伊織が「これだけ近ければ」と澄まし顔で答える。

伊織がもっと緊張してがちがちになっていれば千晶も楽なのに、明らかに自分だけが心も躰も強張らせていて、かなり恥ずかしかった。

「初めてなのか？」

「いけませんか？」

思わず挑発的に答えた千晶に、伊織は蕩けそうなまなざしで微笑する。

「いや、嬉しいよ」

「信じてないくせに。僕は牝狐なんでしょう？」

ついつい千晶は拗《す》ねた口調になった。

「もう、疑《うたぐ》ったりしない。脱がせるのにも手こずらせるなんて、どう考えても生娘だ」

「怒りますよ」

「悪かった。君の言うとおりだ。勝手に決めつけて何も聞かないのは、私の悪い癖《くせ》だ。改めなくては、君を失うところだった」

やけに真剣に伊織がそう返したので、羞《は》じらいよりも喜びに胸が震える。

信じてもらえることが。

気持ちが通じ合ったのだと、やっと実感できるからだ。

「――それで、あなたは？」

「女性はともかく、男は初めてだ」

伊織がさらりと返したあと、「出身が一高だから、それなりに知識はある」と付け足したので、千晶は複雑な安堵とともに身を委《ゆだ》ねることにした。

高校では昔からそういった念者《ねんじゃ》と若衆《わかしゅ》のような関係が公然と存在し、同性愛についての知識があるのもおかしくはないとか。

「あの……こういうとき、脱がないんですか？」

「今から脱ぐよ」

衣服を脱ぎ捨てた伊織の肉体は、筋肉が張り詰めており、均整が取れている。

千晶は思わず伊織の躰に見惚れ、それから自分の視線の不埒《ふらち》さに気づいて頬を染める。

千晶を下にし、伊織は真面目な顔で見下ろしてきた。

「ここはどうだ？」

「うッ…」

手を伸ばした彼に乳首をきりきりと摘まれ、鋭い痛みにあっという間に汗が滲む。

「痛いか？」

「当たり前…っ……」

こんなに抓《つね》られて、痛くないわけがない。もしかしたら伊織は痛覚が鈍くて、これくらいされても平気なのだろうか。

「男でも、乳首で気持ちよくなることがあるそうだが」

「嘘……」

伊織は気を逸らすためか、千晶の肋骨《ろっこつ》を指先でそっと辿る。

「あっ！　は、っ…なに……」

膚《はだ》の上に、くすぐったさと心地よさの中間の刺激を落とされる。それが時に快感に、時にこそばゆさに針が振れ、すぐに呼吸が乱れた。

「感じてるか？」

「わから、ない……」

あたかも鍵盤を辿るような繊細な動きに、千晶は自分が楽器になったかのように息を弾ませて応《こた》えてしまう。時折掌で膚を撫で回されると、ぞくぞくと全身が震える。

「んっ……あ、そこ……」

彼のかたちのよい唇が自分の膚に触れているのを認識し、躰の芯が火照っていく。

どうしよう。あの低音が零れる唇で、彼が自分の膚にくちづけている。今度から彼の声を聞いたら、唇を見たら、きっと思い出してしまう。

「あっ……」

意識した途端に、信じられないくらいに甘ったるい声が漏れた。

「そうだ。いい声だ。感じていて、いい。何も考えるな」

「感じる、って……やっ、あっ、あァ……だめ！」

性器を摑まれ、千晶は躰を跳ね上げて抗おうとした。しかし、「じっとしろ」と威圧的に言われてしまい、仕方なく再び寝台に身を投げだす。

「や！」

声が高くなってしまったのは、伊織が千晶の花茎《かけい》に唇を寄せ、間近で熱い吐息をかけたせいだった。くすぐったいと思うよりも先に、今度は中腹から尖端《せんたん》までをねっとりと舐められた。

「な、なに、して…」

「これを知らないのか？」

「知らな……や、あっ……なんで、なに…っ……やめッ……」

そんなところ、舐めたら嫌だ……。

なのに、声が切れ切れになってしまって、もうまともにしゃべれない。力が抜けてしまった千晶を一顧だにせずに、伊織は顔を前後に動かす。唇で力強く性器を扱《しご》かれるかたちになって、下半身の熱がそこに集中してしまう。

「……だめ、だめ……」

熱に浮かされるように、千晶は「だめ」と繰り返す。

「いいはずだ」

「いい、けど、でも……やだっ……」

こんなふうに言葉も上手く出せずに震えているところを、伊織に観察されるのは御免だ。

「そうか。だったら、少しは力を抜いてろ」

じっとしろだの力を抜けだの、注文が多すぎる。さすがに文句の一つも言おうと口を開いたとき、伊織が信じ難い蛮行に打って出た。

「ひっ」

秘蕾《ひらい》に指を捻《ね》じ込まれて、千晶は驚きに躰を強張らせた。とくんとひときわ激しく音を立て、心臓が跳ね上がる。

「緩めろ」

「無理……っ」

抗議は言葉にならずに、痛みに涙だけがぽろぽろと溢《あふ》れてくる。無理矢理指を食《は》まされて、凄《すさ》まじい違和感に耐えかね、心臓がばくばくと脈打つ。

「千晶」

「だ、だって……痛い、痛い……っ…」

嫌だ……。

千晶は何とか男の指を吐き出そうと腹部に力を込めたが、伊織は一歩も退かなかった。

指とはいえ、体内に異物を咥《くわ》え込まされる苦痛のせいで、張り詰めていたはずの花茎も今や力を失っている。

「この先もっと痛い目に遭うんだ。覚悟しろ」

「でも……」

「いつもはあんなに強気なくせに、褥《しとね》では可愛いんだな……やめるか？」

やめてほしい。だけど、そうしたら……二度目はあるだろうか？

「ん…やだ……ふ…」

「そうか」

必死になって呼吸を繰り返しているうちに、伊織の指がだんだんと狭い肉孔《にくこう》に馴染《なじ》んでくる。漸く楽に息ができるようになったのを見計らったのか、今度は彼が指を回した。

「あうっ！」

変なことをされているのに、頭の中でぱしんと火花が散ったような気がした。

肉と肉の狭間を擦《こす》られるせいで躰がひときわ熱くなり、全身どこもかしこも汗みずくだ。

「少しはいいだろう？」

「わかんない……」

快感なんてもの、知らない。そんなこと、理解できない。

「素直にしていて、いい。恥ずかしがるな」

「ん……ん、んー……」

苦痛にどっと汗が滲む。伊織の行為についていけないことが恥ずかしくて、情けなくて、頭の奥がぼうっと霞《かす》んでくる。

「まだ、痛いか？」

痛い……けど……でも、それだけじゃないみたいだ。

じわじわとした未知の感覚が体内の奥深くから込み上げてきて、下腹部を先ほどから刺激している。自分のそこからは蜜がとろりと滴り、千晶は驚いてしまう。抵抗しようにも急所を弄《いじ》られているせいか、躰にそれ以上の力が入らなかった。

これが、気持ちがいいってことなんだろうか。

「ッ」

そう思った瞬間、腰のあたりがひくんと震える。

「それでいい」

伊織の声が、溶けかけた飴《あめ》のようにやわらかくなった。

「うそ……ぅう…っ…」

もう、声が震える。息が弾んで——言葉にならない……。

「あー……あっ、やだ……何、これ……」

どうしよう、怖いくらいに気持ちいい……。

「千晶」

囁いた伊織が躰をずらし、千晶の腿の付け根にくちづけてくる。そうやって接吻されたところから熱が生じ、どこもかしこもぐずぐずに蕩けていくみたいだ。

「やだ……やだ……やっ……変……」

「気持ちいいか？」

「……はい……」

「よかった」

どこかほっとした様子に、彼が自分を案じていてくれたことに気づいて、悦《よろこ》びが押し寄せてくる。ちゃんと、自分を大事にしてくれているのだ。

おそるおそる目を開けると、伊織が躰を起こして千晶をじっと見つめていた。

その精悍《せいかん》な顔、瞳孔の奥に潜む情欲の気配に、じいんと躰が熱くなる。

「もう一本、入れるからな」

宣告されると、否《いな》とは言えない。

「ん……ふ……」

二本目はもっとすんなりと入り、羞恥に躰が炙《あぶ》られたように火照ってきた。

あっという間に慣れてしまった躰が、淫《みだ》らだと言われているみたいで恥ずかしい。

そのくせ、快感は募る一方で。

「あ、あっ……あんっ……」

「いい声だ」

「でも…おかし、やだ…あっ、…いやだ……きもちいい……」

己がこんなにいやらしくてはしたない人間だと、知らなかった。でも、声が勝手に溢れてしまう。腰だってうずうずと揺れてしまい、自分でも止められない。

さっきよりずっと感じているのが怖くて、千晶は敷布をぎゅっと握り締めた。

「あー……っ」

射精の瞬間は、目も眩《くら》みそうだった。白濁を放ち、暫く肩で息をしている千晶を見下ろし、伊織が掠れた声で切りだした。

「もう、いいな」

「……え？」

「挿《い》れるんだ」

彼が何をしようとしているかに気づき、千晶は真っ青になった。

「だめ……そんなの、無理……」

伊織が何をしたいのかはよくよくわかったが、そんなのはだめだ。いくら何でも、大きすぎる。指で慣らしてもらったとしても、太さがまるきり違うのだから焼け石に水だ。

「君の協力次第で、入るよ」

「だ、だって」

「可愛いな、君は」

伊織はくすっと笑って、千晶の頰に零れ落ちた涙をあたたかい舌で拭ってくれる。

「どこが……」

それから伊織は味わうように、今度は耳の穴を舐める。

「やっ！」

ぞくりと熱いものが背筋を駆け抜け、千晶は自然と腰を震わせた。

こんなところでも、感じてしまうなんて。

「怖がってるところが」

怖いに、決まっている。誰だって初めてのことは、知らないものは、怖い——。

耳打ちされながら耳たぶを嚙まれると、まるで脳を直に弄られているような威力があった。

注ぎ込まれた美声により、聴覚のみならず神経全体を愛撫《あいぶ》されている気がする。

「さっきも言ったが、嫌ならやめよう。時間はこの先、たっぷりある」

またも吐息が耳や耳穴に触れ、その甘さに千晶は軽く仰《の》け反《ぞ》った。

「こちらを向いて」

自分を見つめる伊織の瞳を見返すと、その中に、雄の情欲の気配が潜むのがわかった。

自分だけこんなに快楽を与えられてよがっておきながら、伊織の望みを一つも叶えないのはずるい気がした。

伊織にも、乱れてほしい。羞《は》じらってほしい……。

伊織とだから、大胆なことをしたかった。

「――伊織さん……」

「何だ?」

首を傾げた伊織の表情は、やけに優しい。

「伊織、さん……」

千晶は手を伸ばすと、伊織にぎゅっとしがみつく。全身で彼に縋《すが》りつきたくて、彼の逞《たくま》しい腰にしっかりと自分の両脚を絡めた。

「平気だから、もう……挿《い》れて」

「いいのか?」

「ん」

伊織は千晶の脚を軽く開かせると、そこに雄蕊《ゆうずい》を押し当ててくる。指で慣らされて綻びかけたところを思いのほか乱暴に抉《えぐ》られ、喉の奥で小さく悲鳴が漏れた。だが、伊織は構わずに強引に押し入ってきた。

彼らしからぬ性急さに、伊織もまた長く堪《こら》えていたのだと実感する。

……入ってくる。

どうしよう、すごく……大きい……まるで、蕾《つぼみ》全体で伊織を嚙み締めてるみたいだ……。

「あ、あっ……ああっ…は、う……」

甘酸っぱい感慨が込み上げてきて、尾骶骨《びていこつ》のあたりがきゅんと疼《うず》いた。

「平気か?」

「ん、もう…はいった……?」

「まだだ…」

囁く伊織の声も、掠れている。

ぐうっとより奥に楔《くさび》を押し込まれ、千晶の唇から更なる喘《あえ》ぎが溢れた。

「やっ! や、おっき……もう……だめ…っ…」

「……もう、少しだ……ほら、入った」

「は、はっ……ふ…」

何度か深呼吸していた千晶はやっと息が整い、涙で潤んだ目で伊織を見つめた。

「よく、我慢したな」

告げながら、伊織が何度も千晶の頰にくちづけてくる。

「ん……」

「動くぞ、千晶」

「…え?」

「捕まってろ」

半ばまでそれを抜きかけた伊織が容赦なく、ぐんと腰を打ちつけてきた。

尖端に引っかかった襞《ひだ》が捲られ、千晶の喘ぎはそれに応じて甘い懊悩《おうのう》を帯びる。

「あーっ……あ、あっ…だめ……」

半ばまで抜かれたと思った途端に、今度は勢いをつけて最奥《さいおう》まで打ちつけられた。

「ひうっ！　や、なに、なに、……これ…こわい……」

凄まじい抽挿に、伊織をくるんだ蜜襞が壊れてしまうかもしれない。微細な神経の通った粘膜の狭間を直《じか》に擦《こす》られて、あまりの快感に脳髄が焼け焦げそうだった。

舌がもつれ、声が上手く出ない。

気持ちいい。すごく……すごく。

「あんっ、深い……ふ、あ、あ」

「千晶……」

「……ぁあ、あっ……や、だめ……変に…っ」

変になると呟いたけれど、どうしようもない。

「いいか？」

いいに決まってる。

一番好きな人と、抱き合っているのだから。

伊織が往復するたびにそこは拡げられ、彼のかたちを覚えていく。

痛くて苦しいのに、でも気持ちよくて、触れられてもいないのに自分の花茎は蜜にまみれてぬるぬるだった。

「うん、いい……いい、伊織……」

「千晶……」

掠れ声で呼ばれたら、また感じて肉壁全体をぎちぎちに締めてしまう。

「ああ…ッ…」

込み上げる愛しさをどうすることもできずに、千晶はそのまま極みに連れていかれた。

一度千晶の中に放ったばかりなのに、伊織の欲望は治まらなかった。

我ながら、子供のようだ。

それどころか、汗で輝く千晶の仄白い肢体を見ていると、もっと欲しくなってくる。

抱いてみて初めて、千晶の肉の淫らさを知ってしまった。おそらく、彼自身も知らなかった特質だろう。

「伊織さん……」

「じっとしてろ」

腰のあたりにくちづけていると、目を細めた千晶がせつなげに身じろぎをする。

「またお尻、するの……?」

「嫌か?」

どこか稚《いとけな》い物言いが、可愛らしかった。どうやら初めての媾合《こうごう》が強烈すぎて、理性が飛んでしまっているらしい。彼がそれを快感として受け容れてくれたのに、伊織はほっとした。

「いい、して……きもちよかった……」

常になく素直に手を差し出して、甘えるように伊織の首に両腕を回してくる。

「…おおきいの……もっと、教えて……」

「ああ」

淫らなおねだりが意識せぬものだとわかるから、よけいにそそられてしまう。伊織は千晶のこめかみにくちづけ、「ここに乗ってごらん」と誘いかける。

「どこ?」

「私の膝だ」

「ン……」

肉茎《にくけい》を支えて千晶の窄《すぼ》みにそれを宛《あて》がってやると、千晶がゆるゆると腰を落として、自ら狭い秘所に誘導してきた。

「あ、あっ…あーっ……」

深化するたびに彼の声が震え、甘い嬌声《きょうせい》が寝室を満たした。

もう遅いだろうが、この声が真一に聞こえていないことをひたすら祈るほかない。

「いいか？」

「きもちいい…」

うっとりとした声で、千晶が応えてくれる。

千晶の肉体は思ったよりもずっと淫らで、順応性に富み、なおかつ卑猥《ひわい》だった。襞という襞は快楽に染まるとどこまでも気怠《けだる》く蕩け、従順に伊織を包み込んでくれる。

「あふ……入る、奥…すごい……」

つい先ほど、なるべく深いところまで抉って伊織の質量を教え込んだ。千晶の肉体は既に、それが気持ちいい行為なのだと覚えたらしい。ぐいぐいと尻を伊織の腿に擦《こす》りつけるようにして最奥まで挿入を果たし、満足げに震えている淫猥《いんわい》な姿すら、可愛くてたまらなかった。

「自分で動けるか？」

「自分で、して……いいの？」

どこか嬉しそうに問うてくるところに、更なる愛しさが込み上げる。

「ああ。上でも前でもいい、好きなように動いてみろ」

「うん…うんっ……」

無意識だろう、千晶がこくこくと頷いて肩に顔を埋《うず》めてくる。普段の強気さに似合わぬいじらしい仕種が、とても可愛い。

「千晶」

「えっ⁉　あっ…あ、あっ……」

「悪い。でも……」

耐えかねた伊織は前言を翻し、両手で彼の腰をぐっと掴んだ。彼の細腰を前後に揺すり、千晶の肉体を存分に味わう。きゅうきゅうと締めつけてくる淫蕩《いんとう》な感覚に、汗が滲んだ。

「ううん、いい……すごく、いい…ッ…」

「ん」

伊織の唇に、千晶が自分のそれを押しつけて先をねだる。それだけでなく、微かに開いた唇から舌を差し込んできたのは、千晶のほうだった。

舌と舌を絡めて、存分に接吻を堪能《たんのう》する。だが、すぐに苦しくなったらしく、千晶は顔を離し、「いい」と短く繰り返し喘ぐ。

「千晶……」

こちらの胸に尖った乳首を押しつけて甘く喘ぐ千晶の唇を、伊織からもう一度塞いだ。

「すき……」

キスとキスの合間に、うっとりと千晶が囁く。

「私もだ」

本当に、千晶は何か不思議な魔力を持っているのかもしれない。

自分がこんなに貪欲《どんよく》で欲しがりな人間だと、知らなかった。

その証拠に、彼を手放す気がまったく起きない。

一晩中抱き合って、どろどろに蕩け合っても、まだ足りない。到底、満たされないのだ。


「伊織さん、もう……離してください」

「どうして」

「さっきから抱き締められて、恥ずかしいです」

強気な言葉を発しているくせに、千晶の声はすっかり掠れて色っぽいものになっている。

裸で背中から抱き込まれているというのが、彼にとっては恥ずかしくてならないのだろう。

「だいたい、何なんですか。人のことさんざん牝狐だの何だのって言ったくせに、こういうときだけ……」

「何度も可愛いって言ったのを、怒っているのか」

肩越しに千晶の顔を覗き込むと、彼は真っ赤になって俯いている。

「と、当然です！　耳許で言うのも嫌です」

「注文が多いな。だが、生憎本心だ」

「それに、言っておくけど、こうやって起きてるのだって精一杯なんです」

「だったら、寝なさい」

伊織は千晶の髪を後ろから撫で、耳の後ろや首筋にくちづけていく。

「そんなこと、されたら……」

「眠れない、か？」

「ん」

こくんと頷いた千晶はぶつぶつ文句を言っていたものの、それでも眠かったらしくやがて躰をくったりと弛緩《しかん》させる。

本当に、可愛い。

先ほどから自分の語彙《ごい》が著しく減少し、可愛いという感想しか出てこなくなっている。

だが、仕方ないだろう。

強がりで意地っ張りでプライドが高くて、なおかつ自分の腕の中でこんなにも淫らに震える生き物なのだ。その存在を可愛いという以外に、どう表現できるだろう？

「おやすみ、千晶」

よい夢を。

囁いた伊織の腕の中で、千晶は安らかな寝息を立てていた。

◇　◇　◇

婚儀の日は穏やかな晴天で、まさに五月晴れ。

この日のために新調した紋付きの羽織袴《はおりはかま》に身を包んだ千晶は、同じような格好をした伊織を見やる。

宮本《みやもと》家の庭にある和館では障子が開け放たれ、引き振り袖を身につけた花嫁の絵里《えり》と花婿が仲むつまじい様子で語らっている。

「……おかしくないんですか？」

「何が」

共に羽織袴に身を包んだ千晶が切りだすと、傍らに立つ伊織が不思議そうに問う。普段は洋装ばかり見ているが、こうして和装を着こなす伊織は、また更に男前だ。

「花嫁の兄が一緒に暮らすのって」

「いいんじゃないのか？　実家ごと引っ越したと思えば。君のご母堂もすっかりここが気に入ったそうだし。私ももうしばらく、真一さんのそばにいたい」

さらりと答える伊織は、完全に開き直っているようだ。

気の強い者同士、言い合うこともある。だが、聞きたいこともきちんと聞けるようになっていた。

「真一さんになんて説明するんです？」

「あの人は気づいてると思うが」

「そうなんですか⁉」

信じたくない回答に、それきり千晶は凍りつく。

「……いや、気づいてないことにしておこう」

伊織が今ひとつ歯切れの悪い返答をしたので、千晶は眉を顰める。

真一には言いだしづらかったうえ、皆が婚儀の準備でばたばたしてしまい、打ち明けるいとまがなかったのだ。

「わかったよ。改めて明日にでも言おう」

「何て？」

「結婚します、というのは？」

伊織が至極真面目にそう言ったので、千晶は思わず笑いだす。

「だめか？」

「いえ、賛成です」

どうせ一つ屋根の下で暮らすことになるのだから、それも正しいのかもしれない。

妹の結婚をきっかけに二組の夫婦が生まれるというのも、いかにも当世風で面白いではな

いか。

「でしたら、我々は西洋式に誓いませんか？」

一瞬眉を顰めた伊織は、それから口許に微笑を湛《たた》えて頷く。

「喜んで」

伊織はばさりと五つ紋の黒羽二重を脱ぎ、それを両手で恭しく捧げ、千晶の頭にそっと被《かぶ》せた。

純白とは正反対の真っ黒なものだったが、これもまた花嫁のベールだ。

「病めるときも健やかなるときも、共に歩むことを誓います」

「誓います」

頬を赤らめる千晶に顔を寄せ、羽織を持ったままの伊織は優しく花嫁の唇を啄《ついば》んだ。

あとがき

このたびは『当世恋愛事情』をお手に取ってくださって、ありがとうございます。

本作は十年ほど前に発行していただく予定だったのですが、事情があって眠っておりました。ですが、そろそろ出そうということになり、こうしてお目見えできる運びになりました。あのときから待っていてくださった方も、いらっしゃるかもしれません。大変長らくお待たせしてしまい、申し訳ありませんでした。


この原稿は、著者校正まで終わっていた段階で止まっていたので、あとは最終確認をするだけという状態――のはずでした。

ですが、改めて読み返してみたら自分の文章の書き方やキャラクターの捉え方など、あちこちが当時と現代とではすっかり変わってしまっておりました。我慢ができなくなり、結果的に校正の段階でとても手を入れてしまいました。とはいえ、全部を変えるわけにはいかないので、あちこちにかつての自分の片鱗が残っています。

BL小説としてもかなりクラシカルなものだと思いますし、古式ゆかしい雰囲気がそこかしこにあり、自分なりに時間の経過を感じて楽しかったです。

また、架空の船である日輪丸をデザインしたときの楽しかった思い出なども、ありありと甦《よみがえ》ってきました。

そういえば、おもに清澗寺家シリーズのキャラクターがちょっと出演しています。執筆当時はまだシリーズ進行中だったので割と描写が濃かったのですが、今回は少し調整しました。気になった方はこちらのシリーズもお読みいただけますと嬉しいです。

ちなみにブリッジのルールの説明が難しくて、経験者に伺っても解決せず、そこに一番苦労した覚えがあります。難題でしたが、これは彼らの中でのローカルルールにしようと決めたら気が楽になりました。

本作の発行にあたって、お世話になった方に感謝の言葉を。

イラストを引き受けてくださった、榊空也様。素敵な絵柄でクラシカルな世界観を表現していただけて、ラフも完成原稿もとても嬉しく拝見しました。美しいイラストを見せていただけるのがとても楽しみで、幸せな時間を過ごしました。お忙しいところを、どうもありがとうございました。

担当してくださった岡本様と編集部の皆様。特に校正ではとてもお世話になりました。久しぶりにお仕事をご一緒できて、とても楽しかったです。

最後に、本作をお読みくださった読者の皆様。こうして一冊の本としてお届けできるのは、このご時世で大変幸せなことだと実感しています。どうか楽しんでいただけますと幸いです。
それでは、またどこかでお目にかかれますように。

和泉　桂

参考文献
『コントラクト・ブリッジ入門』　水谷営三著　プラザ出版
『増補　豪華客船の文化史』　野間恒著　ＮＴＴ出版

✦初出　当世恋愛事情……………書き下ろし

和泉桂先生、榊空也先生へのお便り、本作品に関するご意見、ご感想などは
〒151-0051 東京都渋谷区千駄ヶ谷 4-9-7
幻冬舎コミックス　ルチル文庫「当世恋愛事情」係まで。

幻冬舎ルチル文庫

当世恋愛事情

2022年11月20日　第1刷発行

✦著者　和泉　桂　いずみ かつら

✦発行人　石原正康

✦発行元　株式会社 幻冬舎コミックス
〒151-0051 東京都渋谷区千駄ヶ谷 4-9-7
電話 03(5411)6431［編集］

✦発売元　株式会社 幻冬舎
〒151-0051 東京都渋谷区千駄ヶ谷 4-9-7
電話 03(5411)6222［営業］
振替 00120-8-767643

✦印刷・製本所　中央精版印刷株式会社

✦検印廃止

ISBN978-4-344-82028-9　C0193　Printed in Japan

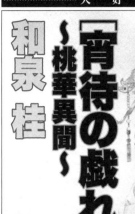

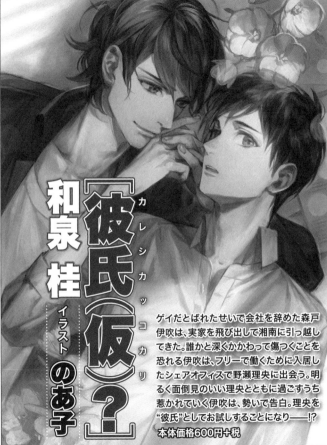